U0943150

越爱越懂爱

韩松落 著

海峡出版发行集团 THE STRAITS PUBLISHING & DISTRIBUTING GROUP | 鹭江出版社 LUJIANG PUBLISHING HOUSE

2018年·厦门

序　言

六神磊磊在公号上，征集年度最蠢话语，备选的话里，有一句是“真正的武学高手都在民间”。

民间有没有武学高手呢？我觉得不大可能有。原因不是别人说的那样，“真正的高手在任何地方都会被发现”，或者“世界上没有怀才不遇这回事”，我没那么势利。事实上，我遇到过很多怀才不遇的人，也遇到过很多因为时势动荡，从此散居江海的人。当然，这是他们成为高手之后的事。“真正的武学高手都在民间”的潜台词是，民间是可以培养出高手的，隐居在深山老林里，也一样能成为高手。

我的经验告诉我，高手不可能在深山老林里生长出来。高手必然是在不断地和人交流、比试、竞争，甚至嫉妒中产生的。你的对手、朋友、同业的质量，决定了你的质量。所以，宋朝会出现那么多好画家，宋画的成就那么高，是因为前人和同业的积累，到了那个地步，大家互相学习交流，都能有所成就。现代文学史上会出现那么多大家，也是时势到了那个地步，他们互相映照，携手共同前行，成就远远大于独自琢磨写作秘技。

在缺乏实战、竞争和交流的环境里，是不可能有所谓高手的。高手，是跟人学出来、比出来、受感染的，甚至因为嫉妒催生出来的。

爱情也一样。很多人相信，有天生的情种，天生的爱情高手，他们一落地，就特别懂得和人相处，特别懂得处理亲密关系，即便在深山老林里待着，也一样懂得最新的情爱心得，能探究最复杂的情爱心理。他们哪怕一生只有一次恋爱经验，也足以成就佳话，成就千古诗篇。

我的经验告诉我，这同样不大可能。

爱是一项复杂的综合事业，比武术、搏击、散打更复杂，融汇了心理学、生理学、经济学、传播学、造型艺术等无数学科，需要实战、交流、比试、竞争，需要紧跟最新的心理学、女权、伦理方面的成就。稍微停滞一点，就有落伍的嫌疑。

仅仅十年前，“嫁得好就是真的好”还是主流的情爱话题，不过十年时间，我们的观念已经被洗牌好多次，我们讨论过婚姻制度是否会消亡、女性崛起对两性关系的影响，甚至已经在讨论人工智能对人性的影响了。如果你当真停在情爱的深山老林里，不去实战，不去交流，“你的同龄人正在抛弃你”可能真会变成现实。

当然，所谓实战，不是说你一定要每天去学习求爱，每天约会新的伙伴，而是要意识到，和爱情有关的知识，也会陈旧，会扭曲，甚至会失效；和爱情有关的能力，也会衰减，会变弱，会跟不上时代。必须要经常去探索和爱有关的新知识，培育新的能力。

爱，和任何一项事业一样，必须一直在场。即便你是和同一个伴侣在一起白头偕老，也必须不停地学习，在自己和对方身上练习。

所以，我们应该不停地去讨论爱，探究爱，经历爱，才能让爱历久弥新，自己也能在每一次爱，或者每一段爱里，吸取更多的营养，获得更多的享受，才能让爱，真正成为疲惫生活里的英雄梦想。

越爱，越懂爱；越懂爱，越爱。

韩松落

写于 2018 年 4 月 8 日

目录 | CONTENTS

第一章　不畏惧好的人生

走得最急的，都是最美的风景。

第二章 慢慢爱是一种慈悲

第三章　人人心中都有一个老灵魂

经历过好的爱情，你才知道爱情应有的样子。

去爱吧，就像不曾受过伤一样。

第四章　当初惊艳，只因世面见得少

第五章　爱的成王败寇原理

去飞吧，像没有束缚的风一样。

第六章 经历过好爱情，你才知道爱应有的样子

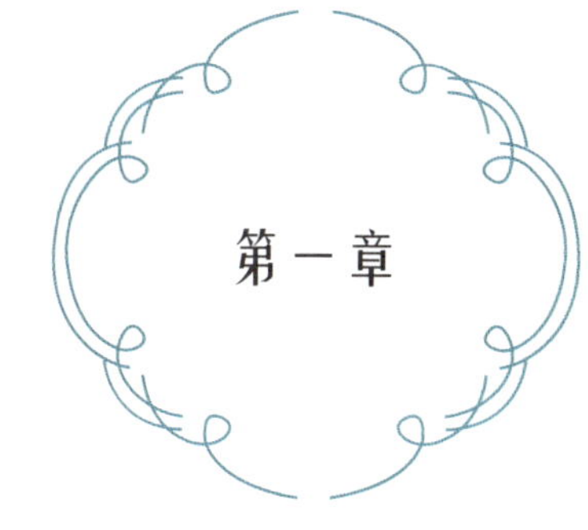

第一章

不畏惧好的人生

不畏惧好的人生

我有一个朋友，就叫她 V 吧，每次想起她的故事，总觉得心里被堵了一块什么东西。

V 生长在一个貌似严谨、实则严苛的家里，父母生长于匮乏之中，生怕对儿女稍稍给个好脸色，就会让他们堕落。她是女儿，又排行老二，成为不折不扣的夹心饼干，整个童年和少年时代，都是在父母的贬斥、矮化、丑化中度过的，她的外貌、学习成绩、家务水平，都获得了惨烈的批评。

这一切的后果，在她成年之后，才慢慢显露出来。大学报志愿，她认为自己“不可能考上什么好学校”“报太好的学校让人笑话”，于是只报了一所三本院校，尽管她的成绩足够她去更好的学校。在学校里，每逢老师对她表示出重视，她就开始逃避、推辞，她对自己的否认，持续了整个大学时代，囊括了一个大学生可能获得的所有机遇，她认为自己“不可能上台演讲，一定会搞砸”“完全不可能胜任学生会的工作”“腿短，不能上台跳舞”。怀着这种心态走上舞台，她果然摔了一跤。

磕磕绊绊地走上社会，这种自我贬低，开始蔓延到她生活的角角落落。去商场买衣服，她纠结地放弃了自己喜欢并且也有能力买的那件，选了一件不喜欢的；买家具，她明明喜欢而且也买得起实木的，却选了板式的，搬回家后，浓重刺鼻的化学味道半年不散，她只好把它们处理掉，又回头去买实木的，花两份钱，还折腾遭罪。问她怎么会这样，她说自己当时大脑一片空白。也许，每当要做出选择，她内在的自贬机制就启动了：你不配，你不能。

她的感情生活，也果然没有让人意外，明明有个条件不错的男士对她表现出了某种程度的好感，她也对他有好感，却躲避他，冷淡他，最后和一个方方面面都次一等的男人纠缠不清。有一次他们约会，我们假装客人坐旁边一桌帮她鉴定，该男身高不足一米七，脸色晦暗，埋单时从裤兜里掏出一把钱，钢镚四溅。显然，吸引她的不是这个男人，而是这个男人带来的自贬自虐感：你只配得上这样的人，你只能过这样的生活，好的人，好的生活，都在你的能力范围之外。

畏惧好的生活，或许还有更隐蔽的心理动机。因为提前设定好了，自己和幸福绝缘，和机遇没有关系，和优秀的人分属两个世界，当不幸发生时，当生活越来越暗淡时，一切都有了解释，这是命定的。不相信幸福，往往成为不用力生活的借口。

“60后”“70后”人群里，这种人遍地都是，因为他们生活在匮乏之中，不得不用这种对好生活的畏惧，去打压自己的向往。而不幸，其实也像乌鸦，往往会闻着这种人的味，闻讯赶来，更加让他们觉得，自贬果然没错，躲避是有道理的。许多心碎，许多悲剧，就此发生。这是最大的猜疑，也是自戕式的祈祷：幸福一定与自己无关，而且往往能够如愿。

所以，我格外敬重那些生在并不富裕的时代，却不畏惧好生活的人，他们跳脱出了自己所在环境的束缚，相信自己能够得到好生活，也配得上这种生活。他们寻找真爱，找不到就等。他们也愿意在爱情到来时，重新配置自己的生活。即便他们最终没有得到自己想要的生活，这种生活在追寻中的状态，也让他们的生命状态和同龄人不同。

生命和爱情的质量，却往往在于不苟活，不将就。尊重自己的欲望，不因为外界的眼光委屈自己，在生活上，在爱情里，都求好、向光，及时摆脱生活里死亡的部分。所以，一旦发现自己有这种倾向，一旦在爱情和机遇面前，出现“你不配，你不能”的画外音，一定要进行屏蔽，并且以挑战极限的勇气迎上前去，去迎接爱情，去尝试机遇，至少也要试试看，自己到底配不配，能不能。

若想真明白，真要好多钱

我与一个朋友的疏远，和王菲有关。

他生活清贫，却热爱旅行，工作之外的时间，基本生活之外的金钱，都用来旅行，十年下来，已经去过亚洲许多地方，他过的是我想过却不敢过的日子。所以，当我在他朋友圈里看到那段话时，瞬间石化。

那是王菲刚与谢霆锋复合的时候，他转了微博上疯传的一段话："同为天后，一个以性感骚野著称，整日摆臀露胸，却从出道至结婚隐退，从未与其他男人有过半分情感传说，洗下铅华笑得像个孩子，她叫李玟；一个以清高桀骜闻名，却用了将近半生与数个男人上演了一场场'传奇'，每日吃斋念佛却也终究未理清道德与欲望的纠葛，她叫王菲。"并且加以点评："看人不能看表面。"我关掉微信，深思一会儿，终究意难平，忍不住回复："什么时候，从一而终又成了重要的道德、人品标准，乃至宗教的标准？"结果不难想见，我瞬间就被他取关、拉黑。

观世界和世界观，未必同步。往往是，观遍世界，也依然没能有正确的世界观。

从一而终之类的观念沉渣泛起，价值观的趋向保守，和整个社会小心翼翼地富裕起来有关，初富乍贵，自然怕失去，对一切略微激进的观念，都避之不及。事实上，怕失去，也是许多婚姻实现从一而终的真正秘诀，许多人困在一段腐朽欲死的婚姻里，把生活过成“土拨鼠之日”，一天一天无差别重复，只有一个原因：钱。即便婚前财产做过公证，离婚依然意味着钱财和时间的损耗，不论男女。而中国社会给女性的种种限制，对生命价值的苛刻估算，又让她们对婚姻有更多依赖。离婚，对她们来说，是经济生活的重大损失，离婚之后，再度寻求伴侣也十分困难。

所以，以爱情度量婚姻，对许多人来说，是极为艰难的事，他们必须给“从一而终”附加上道德的光环，才能安抚自己的忍耐，他们对婚姻这个经济共同体的依赖，也必须要用许多花边进行伪饰：为了孩子，为了老人，为了“理清道德与欲望的纠葛”。

只有对那些经济实现极大独立的男人女人来说，爱情才会成为婚姻的先决条件，走进婚姻，是因为爱情；走出婚姻，也是因为爱情。只有那些经济和身心都趋向自由的人，才会明白一个惊天秘密：婚姻完全可以是爱情的临时储存室。

李宗盛在歌词里这样写：“女孩，通通让到一边，这歌里的细枝末节就算都体验，若想真明白，真要好几年。”但我一直很想把它改成：“若想真明白，真要好多钱。”所以，每次遇到那些身陷情感苦涡、被婚姻折磨的人，尤其是女人向我求解，我都答非所问地建议他们，做点什么事，多赚点钱，再多赚点钱。

许多道理，有了钱，就有了更多自由，你自然会明白。

一件奢侈品，一个避难所

常常看到一种新闻故事，情节都大同小异。

主角通常是一个女性财务工作者，利用职务之便贪污和挪用公司财产，所得来的钱，都用来买奢侈品，名牌包，一口气买好几个，名牌衣服，同款的所有颜色，一样一件。买回来之后，不拆包装，不穿，不用，就扔在柜子里。有朋友来借钱，刷一下给出巨款，朋友还钱，却发现她自己都已经忘了借钱这回事。

照我们想来，即便是挥霍非法所得，其实也有更好的更痛快的方法吧，投资，买房，买艺术品收藏，欧洲美洲一游再游，或者养汉子（一个不够养两个），但她选择的是最笨重、最难脱罪，以及最不能给自己提供营养的一种。因为，花钱而不用钱，才是最奢侈的，只有这样奢侈地花出去，才能对得起她童年住过的筒子楼，四十平方米生潮虫的房，少年时被同学嘲笑过的来自上代人的旧衣服，以及工作之初为了节省车费走过的路。她要用一件奢侈品，来表示自己对自己的不认同。

每个人的奢侈品，都不一样，充当这件奢侈品的，未必是财物，对于一个不好看的人来说，美貌就是那件奢侈品；对于一个矮个子来说，高个头就是那件奢侈品；对于一个在不愉快的家庭长大的孩子来说，和蔼的父母、温暖的灯光、床头的小熊，就是那件奢侈品，是自己没有也不可能有的东西，或者在该有的年纪却没能拥有的东西。这件奢侈品，自己得不到，就从爱情中获取。我有个朋友，一而再，再而三地，被男友的家庭气氛感动，瞬间投入一段明知无望的感情，就是这种奢侈品拥有欲在作怪。

朋友告诉我一个故事：一个长得不好看的女孩，为了得到帅哥的爱，忽略了身边相貌普通的男孩，一次次地奔赴帅哥之约，不断遭到嫌弃、耍弄，一次次被晾在异乡的旅馆，却依然乐此不疲。因为，这个不够好看的女孩子，也要拥有一件奢侈品，来曲折地表达自己对自己的不认同。这件奢侈品，就是来自帅哥的爱，自己不好看，得到好看的人的爱，也是胜利，他是她的证明，是她的勋章，是她的美颜相机，是她幻觉中的魔镜，用奇迹般的爱情给她打光，给她美容，用爱上她这种方式告诉她，她和他相配，她完全够得上这种爱情，只要她努力，或者踮起脚尖来，够这件东西。

这件奢侈品，也是一个避难所，像刘瑜说的："爱情成了庸人的避难所。"这个女孩在赢得帅哥之爱时的无望，遮掩了她在别处的无望，她在这件事上耗费的时间精力，填补了生命的空白，她可以把她所有的痛楚、纠结，归罪于自己在这件事上没能获得的满足。而一份来自"矮穷矬"男士的爱情，只能暂时解决饥饿感，却不能从根本上解决这个问题。事实上，即便是来自帅哥的爱情，也不过是把饥饿感再次来临的时间拉长一点而已，她还是会陷入新的饥饿感，因为，天长地久有时尽，帅哥代代无穷已。

每个人都有件奢侈品在心里，区别只在于，对这件奢侈品的渴望程度是轻是重。我们在很多地方可以看见这种渴望，只要它不是那么夸张，不那么令人厌恶，有时候，它甚至拥有一个美丽的名字：互补，或者可以显得很幽默——为了优生优育，至深至深的地方，还是对某件奢侈品的渴望。还好，我们懂得控制这种渴望。

如果任由其泛滥，只会引向两个结果：沉沦，或者认命。所幸的是，时间的流转，终将让更多人选择后者，你我都得学习，做个惆怅地望着窗外的包法利夫人。

所谓曾经沧海，其实也不过是，在适当的时候，扼杀了自己对奢侈品的渴望。

不做空心人

有段话曾在微博上广为流传，博主主张男士们应该看微博找女朋友，那些成天转美食、衣服、猫狗、星座、陆琪言论、女明星靓照，极少有原创微博，即便有，也只是发点好吃好玩东西的女子，遇到就赶紧娶了吧！那些成天发读书、观影心得的微博，动不动就要思考人生、谈论国家大事、和别人辩论的女子，能躲多远躲多远。

这条微博得到了非常多的响应，当然，你可以想到，拍手附和的，多半是男士。

男士们有这样的期待，女士们又是怎么看的呢？正巧，这两天有条出自女孩之手的微博，正被女士们热情转发，微博的主要内容是一张图，画着一个俊朗的男孩子，图上有标注，女人心中纯爷们形象：可以不帅，但要有男人味；头发要短，不烫不染；皮肤稍黑，指甲要短而干净；不要太瘦，但也不要是肌肉男；会修电脑，或者是其他一种修理技能；不抽烟，不去夜店。

不论男人的要求，还是女人的要求，看起来都非常简单，要找一个简单的人，不深不浅的人，没有太多特点的人……总之，每个人都会说，自己要找的就是一个普通人，一个正常人。

但是你知道吗？毛姆曾经这样说：“所谓正常其实是最罕见的。正常其实是一种理想，是人们根据人性的共性编排出来的一幅画。要想把这些人类共性在一个人身上找到实在太难了。”“完全正常的人是一个幻象。他要拥有所有的正常指数。”一个拥有最多人性公约数的人，一个能被所有人理解的人……这样的人是不存在的。

如果按照这个标准去寻找，找到的不是正常人，而是一个空心人。什么是空心人？三毛在她的文章《江洋大盗》里做出了解释，就是那种没个性，没特点，不是很有内容的人。很多人在青少年阶段，都是这样的人，但三毛觉得，这种生活欠缺一种真实感，她于是开始向周围的人学习，从父亲母亲姐姐弟弟身上，学习为人处世之道，用阅读和游历填充自己，最终成为我们所知道的那个三毛。

不是所有人都像三毛，急于寻找生活的质感。太多女人热衷于做空心人，她们希望自己生活得浅一点，浮一些，不愿意往深处想，也不愿意往深处活。因为在她们看来，很多男人就是这么要求的，男人们希望女人简单、顺从、好控制，能够一望到底，不用费心去琢磨，那条广受欢迎的微博体现的就是这种要求。张爱玲的《红玫瑰与白玫瑰》，写的也是这样一种要求，主人公佟振保娶回家的，是一个过于恬淡的白玫瑰，尽管他热烈地渴望着红玫瑰，因为在他看来，白玫瑰象征了一种稳妥的生活，一种可以搁置起来不闻不问的生活，可以减少情感的消耗，减少交流的障碍；红玫瑰显然就太复杂了，需要用太多的情感和精力去应对。

太多女人，就这样让自己停留在空心人的阶段，以便让自己较为顺利地找到归宿。但她们可能没有想过，空心人不是那么容易做的，没有人会那么幸运，靠着一点点生活常识，一点点肤浅的依赖，就能顺利到老。婚姻生活多变故，婚姻生活之外的世界也瞬息万变。当一个空心人因为某种变故，再度复出，再度走上社会的时候，往往会发现，自己已经错过了最佳学习期，而空空荡荡的内心，是不足以应对庞大的生活的。

一个总希望女人弱过自己的男人，一个希望女人简单好控制的男人，一个希望娶到空心人的男人，往往就是弱者，或者无能，或者无趣，或者无力招架生活；一个女人凭借自己的浅、自己的空，遇到并且赢得了这种男人，实在不能算是一种幸运。你是什么人，就会遇到什么人，这是真理。

越浮夸，越迷恋

在新闻节目里，看到一个案子，瞬间明白了许多事。

有个诈骗团伙，伪装成特殊部门，自称可以帮人入伍升职。有个小伙子的家人花费了65万，让他“入伍”，年轻人加入后没多久，就觉得有问题，但一想到那65万，就决定“不能因为自己的问题，让家人受损失”。他得说服自己，安抚自己，不这样，就得面对巨额损失，最后，甚至在有意无意间，成了他们的帮凶。

为什么高昂的代价，反而成了加固一些人决心的利器呢？网络媒体“大象公会”曾经就团队里处罚新人的现象，写过一篇文章，撰文者认为，许多社团，都会给新人设置门槛，比如西方大学的精英社团，会制造许多折磨人的花招，去考验新人，来激发他们对团队的“凝聚力和忠诚度”，因为，“从心理学角度看，人们会高估自己付出高代价获得的东西，哪怕它其实不值”。

人们不仅会高估付出高代价获得的东西，人们也会对有可能付出高代价才能获得的东西，予以高估。什么样的人和事，会获得这种高估呢？那些浮夸的人和浮夸的事。越浮夸，越有吸引力。

生活里常见这种人，男女都有，他们的来历复杂，家底不明，似乎有点名声，有点能耐，有时候也能坐实，多数时候深不可测。他们总是出现在浮华的场所里，社交账号上偶然晒出来的，也都是奢华的生活场景，引人遐想。他们身边总有形貌气质非常出色的男女，关系不明，一种暧昧的情调，在他们中间流动。他们很容易跟人亲热起来，发展关系的方式都带点侵略性，很主动地邀请，很热情地帮忙和接受帮忙，但他们之间很难说上几句真心话。他们像是被某种游动的情绪带领着，总在急匆匆地奔向下一站，下一个人。伍迪·艾伦的电影《蓝色茉莉》里，凯特·布兰切特扮演的茉莉，就是这种人。

这一切给人的感觉是，他们活在普通人可望而不可即的生活里，靠近他们或者得到他们，需要付出高昂的代价，这种高昂的代价感，反而会强烈地刺激到人，让人愿意为了接近他们而加把劲，付出点什么。他们生活在浮夸里，所以你我得努力挣脱平凡的生活，才能迎合他们；他们很难留住，留住他们就成了非常需要能量的任务；他们难得真心，所以，证明他们有过瞬间的真心，就成了成就。他们之所以变得有魅力，不是因为他们有魅力，而是因为这种暗示给了他们魅力，这种高估堆砌起了他们的金字塔。许多或明或暗的交际花（男女都有），都自觉或不自觉地领会了这种艺术，他们很会制造浮夸生活的假象，把别人对他们的高估也变成资源。

卖油郎独占花魁的故事、茶花女的故事里，最让人迷惑的部分，就在这里。她们的魅力构成，十分复杂，但浮夸是最主要的部分，她们的着装、阵仗、社交圈、对金钱的过度渴求，她们的寡情薄义，都构成了她们的魅力，你知道自己够她们够得很艰难，你知道自己随时会失去她们，所以反而激发出更强烈的斗志。当然，这套魅力方案，也同样适用于男花魁和男茶花女们，哪怕他们拥有艺术家或者企业家的身份。一旦染上浮夸这种病，他们骨子里都是茶花女。

所以，有时候，我们看起来是在用爱情留住婚姻，或者用爱情婚姻和孩子留住一个人，但事实上却是在高估一种浮夸，高估一个浮夸的人，试图完成不可能的任务，并且迷恋上这种高估，以及那些高昂的代价。

哪怕，它并不值得。

女孩们，不要稍微陷低哪怕一级

网络世界里，正在为明星吸毒事件展开大讨论，有一些网友认为，他们吸的是大麻，没有那么严重，不应该定罪，为了证明这点，他们开始普及大麻的历史，以及各国的司法态度。论战双方，都能自圆其说。

不过，作家孙健敏说得挺好："其实事情是这样的，如果你什么都不吸，他们会向你推销大麻。但如果你吸大麻，他们就会向你推销摇头丸、可卡因或者海洛因。"就是说，人不应该碰触那些边界之外的事物，即便它看起来没有那么危险，因为，突破第一道边界，就有第二道边界在不远处召唤你。

在那本小说《烟雨蒙蒙》(改编后的电视剧是《情深深，雨蒙蒙》)里，女主人公陆依萍陷入生活窘境，打算去当舞女，她认为，只要自己洁身自好，"当舞女又有什么关系？"她妈妈的回答非常有力："依萍，你不知道，人不能稍微陷低一级，只要一陷下去，就会一直往下陷……伴舞并不可怕，可怕的是那灯红酒绿的环境和酒色财气的熏染，日子一久，它会改变你的气质，你再想爬高就难如登天了，你会跟着那酒色堕落下去，无法自拔！"

在情感世界里，有太多这样的例子，女孩们因为迁就，因为软弱，或者因为虚荣，降低了自己的防线，从此一步步走低，直到有一天回头，才发现自己已经泥足深陷，没办法回头。而这个过程，往往又被爱情笼罩着，看上去没那么危险，也没那么直接，但这不能改变事情的实质。

朋友的堂妹雪谊，自小生活在大院里，生活丰足，因而非常清高。但自从她认识了已婚男士L，情况开始有了变化。这位身居高位的男士，不断向她示爱，尽管雪谊对两人的环境有相当理智的认识，但又觉得，和这位男士的相处，让她相当愉悦，于是，她打破了自己的第一道防线，开始和他来往，当然，在经济和精神上，她保持了独立。

紧接着，她所在的公司，因为在金融危机中业绩滑坡，被其他公司收购，第二次裁员到来时，她离开了公司。按理说，以她的资历，再找一份工作不成问题，但L建议她休整一段时间，他可以“借钱”给她当生活费，她打破了自己的第二道防线，答应了这个提议。一年之后，她再度复出，工作不那么顺心，L先生再度建议她休整，并且表示，房子在涨价，他愿意“借钱”给她置业，她打破了自己的第三道防线，又一次应允。

五年后，当她住在那所房子里，睡到中午起床，准备下午去茶园打麻将的时候，偶然瞟了一眼电视，里面播的是一部职场剧，女主人公正在英姿飒爽地和外国人谈判，她恍然觉得自己正在观看自己的前生前世，但她也深知自己回不去了。

而我也曾在采访时，在监狱里遇到过一些因为贪污挪用而犯事的女性，她们陷落的过程也大致相似，男方总是先提出借一笔小钱，然后很快还上，之后再借，并鼓励她们挪用，越借越多，直到最后事发。

事情是这样的，当你独立的时候，男人们会向你推销依附，当你选择了依附，他们会向你推销沦落，一切都从最轻的陷落开始，而且都打着爱的名义。

许多女孩都经历过这种轻微的陷落，不过方式各异，有性爱方式，有软毒品，有酒精，有金钱要求，这些要求，起初都是男方以试探的方式提出来的，他们尽量表现得若无其事，对女孩们的拒绝显得大惑不解或者很不耐烦，好像她们的拒绝特别保守，特别土鳖。

这是人际博弈中，最微妙的一环，他们试探的不是你能否接受某件事，而是你的态度是否坚决，你的人格之城池是否固若金汤，只要你表现出一点点软弱和动摇，留出一点点接受的可能，别的试探和诱惑也就随之而来，只要冲破最轻的防线，第二个选择立刻摆到面前，人的底线就是这样一步步被拉低的。

所以，如果不想走到最后的边界，就不要突破最初的边界。不论男女，不论什么年纪，我们都得用阅读、历练、思考把自己武装起来，不要接受那些你内心有抗拒的事物，不要征服自己的抗拒，因为，每一次陷落，其实都在通向无法自拔的陷落。

人要对自己的相貌负责

我的朋友宋毅，在找女朋友时，完全无视自己的大龄身份，对对方相貌的要求极为苛刻，相亲归来，常常评价对方“有怪相”“长桃花眼”“像只狐狸”“长着一张夜店脸”。我们忍无可忍，认为他已陷于某种偏执之中，他却说出一番道理：“不正常的外貌是一种生物性的隐喻。”

他说，一个人的相貌好坏，常常决定了一个人的际遇。那些相貌端正或者好看的孩子，总是能得到别人的赞赏、鼓励、原谅，成长的路途也较为通顺，因此成为心底坦荡、无私善良的人的概率也比较大，而那些难看的孩子，总是会被忽视、谴责、责骂，人际关系、求学求职中的曲折也比较多，难免会使心灵的某个部分被悄悄扭曲。这些际遇，反过来又会作用于相貌气质，加重一个人相貌上的优势或者劣势。

我渐渐理解了他的想法，而且，结合我的人生经历，我认为，相貌不但意味着一种先天的起点，也是一种后天的修炼，是一个人灵魂的微缩景区，是一个人全部经历的说明书。

王尔德小说《道连·格雷的画像》里，美貌少年道连·格雷，得到一张神奇的画像，从此他就可以放心地放诞无忌，所有熬过的夜，混沌的白天，经历过的酒色，都上了那张画像的脸，而他自己却依然有一张不老的、干净清爽的脸。

但现实中，谁有那样的画像来遮挡那些脏、那些乱？经历过的种种，比银行的信用记录都准确，一丝不苟，全记录在脸上；心里的虚荣、势利，全一层层叠加累积，像钞票里的水印一样，稍微得点光就提示着自己真正的心路历程。一样由纯白的婴儿长大，有人到五十岁眼神也是澄澈的，有人却风尘入骨，他们经历过什么，不必分辨、解释，全写在他们的脸上，焦黄的脸是为旧事辗转过的夜，下垂的眼睑是狂欢后醒来的下午，八字纹提示着无数次争夺与抢掠，眼神里的厌倦是欲望冷却后的灰烬。他们把自己的脸摧毁了。而建设一张脸，却极为艰难，要严格作息，要饮食得当，要读书，要看画，要旅游，要控制自己的愤怒，要提升自己的环境，总之，打造一张脸，几乎囊括了一个人建设自己的全部要素。

所以，古人说："相由心生。"林肯说："一个人过了四十岁，就要对自己的相貌负责。"叔本华说："人的外表是表现内心的图画，相貌表达并揭示了人的整个性格特征。"陈丹青说："在最高意义上，一个人的相貌，便是他的人。"迈克则要特意赞美鲁迅的脸："仙人掌般不动声色坐落在时间荒原，连风沙也不敢造次侵蚀。假若当初它曾经包含美指的苦心打造，营造出来的戏剧效果倒真的不着痕迹，功劳恐怕要算到当事人头上。"每个人都是自己脸的美术指导，要为自己的脸担负全部事故责任。要养脸，先得养心。

所以宋毅对自己未来伴侣的相貌怀有期待和苛责，她可以丑，但不能怪模怪样，可以不好看，但不能脏兮兮，即便她侥幸拥有了一张好看的脸，也懂得小心翼翼呵护之、保养之，不会因为自己的放纵贪欢，而使自己脸上常备着算计的眼神和夜店里被搭讪时的表情。

我们举目四望、众里寻他千百度，找的只是一张脸，脸是叶子，是花，提示着那些看不见的部分：灵魂的景象，心的样貌。

那不叫长情，那是一种社会属性的衰退

一位女性朋友，这样证明她男友的长情：为同一家公司服务了十二年，从二十一岁到三十三岁；跟同一群朋友交往了二十六年，从小学到大学直到现在，现在和他一起打麻将的朋友，就是二十年前一起拍洋画片的朋友；在同一个小区住了将近二十年，从小区还叫“电缆厂家属院”的时候，直到它经过拆迁重建变成“香榭丽舍”，他只有三年不住那里，因为拆迁。

这话我们听得懂：当一个女孩用长情描述一个人的时候，往往意味着，她认为这是一种浸透在生活各个角落的美好品质，她认为自己也可以得到同样的待遇，被久久眷顾，久久垂爱。她爱他，她含蓄而曲折地呈现着他的好。

世界如此动荡，时代这样仓促，这种稳定的、富有连贯性的生活，的确让人羡慕，但它能否作为长情的证据，恐怕值得考虑。因为，一个人过早进入一种过于稳定的生活，也常常意味着，他生活里的新陈代谢停止了。

电影《弗兰西斯·哈》，讲述的就是一个女孩未遂的青春梦。女主角弗兰西斯·哈是个对青春、对校园、对友谊满怀眷恋的女孩，她二十七岁了，但一直住得离学校很近，也不打算在职场有所发展，只是

做点零敲碎打的工作，更没有固定交往对象。在人际交往上，也笨拙得像个孩子，总是说错话，做些让自己和周围人都尴尬的举动，她自己也承认这点，曾经自嘲地说："我完全不是个大人。"

最重要的是，她热烈地爱着她的朋友索菲，和索菲长期生活在一起，常常聊天到深夜，并且发出这种宣言："我们几乎是长着不同头发的同一人。"对她来说，索菲就是过去那个青春王国的见证，留住索菲，留住这种友谊，她就能久久地留在往日时光里。生活环境的变化和人际关系的变更，是她始终拒绝的事。

但索菲最终离开了她，嫁人，离开美国去了日本。弗兰西斯·哈最终接受了现实，学着长大，也适应了新的生活。

执着和专注是值得肯定的品质，但很多时候，它们也掩护了懒惰和无能，以及生活环境和人际关系上的停滞。经常性地换工作、换朋友、换住处，不会令人愉快，但工作、朋友、住处长期不更新，却也意味着新陈代谢的变缓乃至停滞。这种停滞不是长情，和它同时发生的，是创造力的消失、生活激情的衰退，以及生活质量的降低。

职位升迁、薪资调整、平台的扩展，通常是通过跳槽实现的，得用环境的刷新来体现，而他已经十年或者更长时间没有换过工作；心智的成长、素养的提升、技能的增加，多数时候，会带来人际圈子的代谢，旧日的朋友已经无法对话了，旧日圈子里的相互比较显得庸俗，旧日的环境已经提供不了什么营养，这是一个人更自由更开阔的表现，而他却一直停在过去人际关系的安全区里；自我提升，必然带来生活条件的改善，而他一直住在老房子里。这都不是长情，这是一种社会属性上的衰退。

而爱，却需要适度的新陈代谢去滋养，去维系，并赋予新意。一潭死水的生活，有可能制造出一种天长地久的假象，但那是一种低质量的长久。以十年时间作为区间，去考察一个人如何迎变而变、吐故纳新吧，因为，爱，就是变中的不变。

遇到和你一起成长的朋友是一种幸运

到了我们这个年龄，同学聚会猛然增多，小学、初中、高中、大学同学，都在张罗着聚会，交流聚会心得的机会，也就变多了，谈起同学之间的疏远和重新认识，总是多一份感慨。

朋友 F 接连参加了几次大学同学聚会，对同学会心生惧意。她没有结婚，没有生孩子，而且下定决心，即便结婚也要丁克，每次聚会，她都能成为显性的和隐性的话题。女同学忙着询问她不结婚的原因，仔细打听她每一次分手的理由，或者感叹这么好的男人为什么不珍惜，白白错过一次成功上岸（对，她们当时用的是“上岸”）的机会，或者忙着给她介绍对象，翻出手机给她看她们单身男同事的照片，那些男人的成色，让她意识到，她们是怎么评估她的。与此同时，她们谈起育儿话题时，也刻意避开她，面对奶粉纸尿布钢琴课之类的话题，她也根本插不上嘴。

她突然明白了，自己为什么能够和某位小学女同学的友谊持续这么多年，那位同学，虽然结婚生子，生活平顺，但对她的生活状况毫不在意，从来没催过她结婚，没给她介绍过一个对象，甚至还半开玩笑地说：“你最好别结婚，想逛街随便就能叫出来”，“谁要追你，我就去搞破坏”，还管她叫“小老婆”。女同学之所以能够做到这些，是因为和她处在相近的环境里，一直没停步地往前走，还在看电影、读书、练瑜伽，理解她的生活并不费力。她们不仅还在成长，而且是朝着一个方向成长，这是长期友谊的全部基础。

对，是一起成长，不是一起成功。成功的指标非常具体，车、房子、收入状况、业绩报表、行业排名，成长的指标，却得靠心领神会，是不断增加自己和社会的联系，给自己的生活加入更多的链接，不断拂去心灵上的尘埃，对世界保持一种好奇，保持自己对万事万物的感受力。持续成长，多数时候，也会带来世俗意义上的成功，但人们通常只能觉察成功，而不能觉察成长，能够觉察彼此的成长，已经是一份情意。

没有谁的人生，是完全停滞的，大家都在成长，或许速度有快慢，成效明显或者不明显，但成长不可避免，就是静静地躺在时间里，时间的重量，也足以让一个人从透明变成青铜色或者棕褐色，从手足无措变成举重若轻。问题在于，别人的成长，或许是向着另一个方向，另一些领地，和我们有隔膜，是我们领会不了的，向着一个方向的成长，因此格外重要。

最新一集“007”电影的女主角蕾雅·赛杜，之前还出演过电影《阿黛尔的生活》，那部电影，看起来是讲爱情，实际上也是讲成长。阿黛尔出身平民家庭，家里人貌似是新移民，而她的女友艾玛却出身于中产阶级家庭，生活优裕，父母都热爱艺术，这种阶层的差异，很快就变成了成长起点和成长速度的差异。艾玛和艺术家来往，朋友都是年轻一代的潮人，阿黛尔的生活却始终没有起色，对感情的理解，也越来越狭隘，她们渐渐没有了共同语言，生活场景也有了变化，越来越难同框，她们最终分开，就是因为成长的不同步，以及成长的不同向。

那些能够长久持续的友情，都是同向成长的结果；那些能够和我们契合的人，往往是对成长，和我们有着相同的理解，而且身体力行。

遇到能够和你一起成长的朋友，就定下终身吧。茫茫人生，遇到能够定下终身的朋友，是最大的幸运。

天使热爱的生活

有个电影周活动，要我推荐一部适合青少年观看的电影，我最先想到的就是法国电影《两极天使》。由埃瑞克·宗卡导演，由艾洛迪·布歇和娜塔莎·雷尼埃主演，1998年上映。

两个贫困少女，都美丽、开朗，她们在找工作时认识，成了朋友，一起搬进一座空置的房子里，两个人算是勉强站稳了脚跟。但两个少女的命运，随后却走向了两个方向。一个爱上富家子，沉湎于明知无望的爱情之中，在被弃之后，选择结束生命。另一个，一直在做零工，艰难地赚一点小钱，时不时去安慰变成植物人的房主。电影的结尾，在经历了爱情和生活的剧烈动荡之后，那个幸存的少女，走进制衣厂，默默地开始踏缝纫机，脸上有坚毅的表情。

这个电影还有一个译名:《天使热爱的生活》，两种生活，都是她们各自的选择，这种选择，也必然出于她们的热爱，但选择之后的结果，着实难料。褒谁，贬谁，都没必要，两种生活，其实都像是走钢丝，稍有不慎，也许就会坠入万丈深渊，稍有起色，也许就平步青云，重要的是，当事人热爱哪种生活，哪种生活就更适合她。

生活艰难而复杂，因此，许多人面对生活时，都会下意识地选择走捷径和逃避，如果捷径能走得通，如果逃避能让我们成功地躲过一切责任，一切麻烦，那也是一件幸运的事，没有什么可以指责的，毕竟，选择“轻、易、快”，是人的本能，否则，我们的武侠奇幻小说里，也不会出现那么多穷小子获得神人赏识传递内力，愣头青落下悬崖大难不死获得灵药，质朴男赢得武林盟主千金的爱情从此一飞冲天这种情节，读这种小说，为的就是将自己代入那些主人公，去体会“轻、易、快”，去体会捷径走通后的快意。

但世界上还有一种神奇的东西，叫概率，从概率角度看过去，大部分捷径，都是走不通的，大部分逃避，也都劳而无功，如果人人都能走得通捷径，都能用一个支点撬起地球，那捷径也就不叫捷径了。就像股市，许多人都知道那是放大财富的捷径，但真正能在股市有所收获的人，只是极少数，大多数人都以亏损告终。所有的捷径，都是小概率事件。

捷径很可能是一种骗局，是一种按照人性的规律设计出来的筛选办法，一种优胜劣汰机制。有人相信捷径，并热烈地投入其中，在耗费了大量时间精力之后，却一无所获，还弄坏了心态，他们其实是被筛选了出来，成为失败者；有人始终在逃避，从一片云，跳上另一片云，从一块石头，跳上另一块石头，不扎根，不落地，不去解决那些真实的麻烦，不去克服自己内心的恐惧，同样，他们在消耗了大量时间精力后，却发现自己一事无成，还把逃避变成了一种习惯，他们也被筛选了出来，成为失败者。

只有把资源、机遇留给那些脚踏实地的人，他们不认为自己有能走通捷径的幸运，这就已经是一种智慧；他们也不回避劳作，这是另一种智慧，那说明他们对自身条件有着精确的估算，对环境有着清醒的认识；他们也不回避麻烦，甚至刻意给自己制造一些小的麻烦，因为克服一个个麻烦的过程，也是让自己更强大的过程；他们也不渴求速度，因为要想在生活里扎下根来，就必须慢下来。

电影里有两个天使，一个试图飞，一个慢慢走；现实中也有两种天使，一种渴望飘浮，一种慢慢扎根。两种生活，没有谁对谁错，重要的是，如何准确估算自己，找到最适合自己的方式。

假如你热爱堕落

时常在年轻男孩女孩那里，听到这种话:“混不下去了，就 ×× 去! ” ×× 可以替换成任何一种黑暗的生活方式。嗯，堕落也是一种人生选项，选择堕落，也是人的权利，不过，假如你热爱堕落，总该明白与堕落有关的一些事。

一、堕落不是小说里的那种堕落。读过无数与堕落有关的小说，从经典名著、萨德小说、亦舒小说，到天涯论坛上的“四面墙”(监狱题材)小说，以及豆瓣上的少女沉沦史和《我的朋友陈白露》，最终的感受是，一个还有发言机会的人，往往是没有真正经历过堕落的，他们笔下的堕落，通常是一种暗黑元素，是文学化的人生困境隐喻，更注重审美功效。堕落经过他们的描述，像黑夜里更黑的花，散发迷人的光泽，但如果把小说里对堕落生活的描述，当作堕落参考手册，有点像按照爱情小说去恋爱，按照百度百科说明去造原子弹。真实的堕落和真实的生活一样，都是漫长的煎熬。

二、堕落也需要天赋。和任何一种生路一样，堕落也需要天赋，需要本钱。首先是相貌身材，香港黑社会大佬接受采访，谈起他收小弟的标准:“最重要的是要帅啦，这样才能有人跟”；其次是体力，熬夜、嗑药，样样都需要体力支撑；然后，也需要情商财商。总之，要在这个世界里脱颖而出，所需要的元素和别处并无不同，不会因为你颓废而美丽地堕落了，就会免去这些要求。但，既然有了这些能耐，未必一定要去选择堕落。

三、堕落的时间成本。所有的高收益项目，都具有某种短期大震荡的特征，高起高落，迅开迅收，堕落也是如此，它是一碗青春饭，能够用来堕落的时间，不会超过十年，而且没有行业内晋升的可能，如果在吃这碗饭的时候，不幸染上毒瘾或者疾病，这个时间还得缩短。同样的十年，用在别的行业，就算没有长期收益，必然会有资历红利，只要用得合适，又是一种职业延续。而大部分堕落的人，最后的结果通常是“做点小生意”，真不划算。

四、堕落的社会性成本。在东野圭吾的小说《信》里，刚志选择了堕落和犯罪，连累了家人，弟弟直贵在进入社会的时候，接连遇到麻烦，由此开始怀疑人生，对周围的一切产生了轻微的敌意，终于，有个人为他解开心结：“你哥哥就像是自杀一样，选择了社会性的死亡”，“对于公司，重要的不是一个人本性如何，而是他与社会的相容性。现在的你是有欠缺的状态”，“可是，和真正的死亡不同，社会性的死是可以生还的。方法只有一个，孜孜不倦地一点一点恢复他与社会的相容性。一根一根地增加与他人联系的线。等形成了以你为中心像蜘蛛网一样的联系，就没有人无视你的存在。这样迈出第一步的地方就是这里”。这才是真话。堕落是一种自我放逐，甚至是社会性的自杀，会切断人和主流社会的联系，而且连带着把家人也拖进了社会性的死亡里，让他们很难翻身，陷低一级如山倒，走高一级如抽丝。

所以，假如你热爱堕落，不如和堕落保持距离，把这种“堕落力比多”投入到文艺世界里去，去读暗黑小说，去看暗黑电影，和堕落保持一种红颜知己般的关系，只有这样，堕落才会永远那么腐朽而美丽，散发着诱人的光芒。万事万物，意淫比身体力行来得持久和强烈，堕落尤其如此。

最好的赞美是身体力行

我很喜欢法国导演侯麦的电影，因为它们温煦、细腻、真诚，光与影都接近自然，却又很美，还有，他总在赞美人们在爱情、友情，以及一切人际关系中表现出的聪慧。

比如《人间四季》系列里的《春》。两个姑娘，一个叫珍妮，一个叫娜塔莎，因为偶然的机遇相识。珍妮是哲学老师，娜塔莎正在为父亲交往的年轻女友烦恼，两个女孩一见倾心，迅速成了无话不谈的好朋友，她们促膝长谈，不停地谈论哲学、艺术和生活细节，也不停地讲述、自剖、反省，这种谈话促成了她们深刻的了解，娜塔莎甚至打算让珍妮进入自己的家庭，来做自己的后妈。故事就这么简单，却迷人，迷人的是四个人在情感世界里呈现出的聪慧、节制、高度的教养和同埋心。

而在很多电影里，你所能看到的，是爱情中的愚蠢。女人愚蠢地牺牲着，男人愚蠢地迷乱着，独占欲得到大篇幅的书写，失控构成了关键的戏剧转折，自我审视从来没有发生过，自我改造遭到无情的嘲笑。愚蠢的激情，处在被歌颂的位置上，愚蠢的失控，呈现出一种悲剧的美感。当然，电影中的愚蠢，是虚拟的，是戏剧性的来源，它同样是美的，甚至和侯麦电影里的聪慧一样美。但我们经常在现实中看到同样的愚蠢，在报纸的情感倾诉版面上，在天涯的狗血帖里，在法治报道中，在身边人的经历中，甚至，在回望自己平生的时候，愚蠢像隔岸的火，烧得惊心动魄，它不美，它有害。

这些年来，我所遇到的那些感情生活稳定愉悦的人，一个共同特征，是足够聪慧，这种聪慧，不是《最强大脑》里那种可供展示的技能，不是记忆力、心算术，或者摸骨识人，而是一种更复杂细腻的能力，是感受力、专注力，以及沟通、识别、自控、自省、自我改造的能力。就像我的一对朋友，他们懂得生活的美，对人性有体察，各自很独立，却又相互依赖，对自己有要求，很柔和地约束着自己，因为工作分隔两地时，也互相信任。和他们在一起，真是如沐春风。

问题在于，与爱情有关的愚蠢，往往拥有一种特权，会得到善意的解释、精美的包装，以及赞美和效仿。

本城有一条大河，河上有一座铁桥，因为这座桥造型别致、气息古老，具有较高知名度，它在成为旅游胜地的同时，也成了一个自杀圣地，每天都有人爬上桥拱，打算自杀，原因多样，生病、被儿女拒之门外、生意失败，还有失恋。媒体在报道这些自杀事件时，措辞有微妙的不同，对生意失败试图自杀的，通常使用很严厉的说法；对失恋自杀的，则唏嘘感叹，连称谓都不大一样；对生意失败的称谓是“一男子”“一中年男子”“一落魄男子”；对失恋的称谓是“小伙子”“白领女子”。尽管在游人如织的桥上自杀，从愚蠢程度上来说，是完全一样的。

我们该赞美愚蠢，还是聪慧？是该赞美失控、迷乱、独占欲，还是赞美一个人身上所具有的较高的心性？显然，后者更让人愉悦，不管是对当事人，还是旁观者。聪慧程度，是爱情的系数，聪慧程度越高，爱情越饱满和愉悦，就像人字梯，相互支撑，在更高处交会。

只有赞美还不够，最好的赞美，是身体力行，自我审视、自我改造，向更聪慧进发，与另一个聪慧者会合。

第二章

慢慢爱是一种慈悲

女人的幽默感

朋友L和他的妻子关系紧张，他自剖原因，其中之一是他的妻子没有幽默感，他并且进一步地认为，中国女人都缺乏幽默感，这是中国人婚姻缺少润滑剂的原因之一。

想起从前看到的一则小S的逸事，小S认识了金融新贵许雅钧之后，暗暗认定了他是意中人，怎奈当时的许雅钧已经有了未婚妻，但小S根本不放弃，第一次和许雅钧见面，她一反常态，文静地坐着，但笑而不语，于是勾起许雅钧的好奇："想不到小S真人，和电视上那么不同。"显然，吸引了许雅钧的，不是小S的鬼马形象，而是她刻意营造出来的淑女形象。

小S为什么会这么做？作为一个有幽默能力的女人，作为一个以幽默形象深入人心的女人，为什么要在求偶时收敛幽默感？因为，两性之间，对幽默感的需求是不一样的，幽默感，从来都不是男人择偶时的条件。

美国学者埃里克·布雷斯勒曾经做过一项试验，分别给参加试验的男性和女性看一些异性的照片和资料，结果表明，在同样的相貌水准下，女性很愿意选择那些看起来喜眉笑眼、生动活泼，并在自我介绍里加上了"有幽默感"字样的男性，而男性无一例外，选择了那些看起来不苟言笑的女人，回避了那些被标注为“有幽默感”的女性，哪怕她们更美丽。布雷斯勒最后得出结论：“女性选择有趣的男性为关系伙伴。”只要他能让她笑，“女性甚至愿意忽视男性身上的其他缺点。即使男性的幽默比较拙劣，有趣的男性仍然受到更多青睐。”“我们的研究表明，幽默感确实能增加人们相互间成为伴侣的可能，但这种效能往往只是相对于男人而言。”

为什么这么不公平？男性拥有幽默感，为什么会使他们的魅力指数增加，女性的幽默感，为什么会成为她们的劣势？英国纽卡斯尔大学的教授萨姆·舒斯特做了更进一步的试验，他骑了一辆独轮车经过男性人群和女性人群，结果，男人们纷纷进行讽刺和评说，而女人们则更关心他的安全。他最后在《英国医学杂志》周刊上发表论文指出，男性的幽默感，其实是攻击性的一种表现，男性体内的睾丸激素，是这种攻击性的源泉，而幽默感，是掩饰这种攻击性的道具。就是说，幽默感，其实是男性气质的另一种表达。

说一千道一万，女人的幽默感，对她们赢得伴侣、维持关系，都很少有帮助，幽默感或许缓和了气氛，制造了乐趣，却破坏了两性心理、社会角色赋予女性的另一种东西，神秘感。而这种神秘感，是唤出性感的重要道具，所以，吴君如和宋丹丹不会成为性感偶像，尽管她们的相貌，远比一些以美女自居的明星要周正，而幽默感却会使郭德纲、金·凯瑞同时出现在谐星和性感偶像的行列里。所以，女性社交指南里，从不要求她们培养幽默感，甚至要“控制幽默感”，蔡澜说得更是一针见血：“有幽默感的女人，不是会说笑话的女人。是听了男人讲话时，笑得出的女人。”嗯，女人的幽默感表达，也就到此为止了。

女人不是没有幽默感，而是两性心理、社会角色要求她们没有幽默感，而且，越是两性地位差距大的民族，女性的幽默感越是被压制，她们越是会被塑造成没有幽默感的性别，这大概才是“中国女人都缺乏幽默感”的真正原因。于是，中国女人只好像小S那样收敛自己的幽默，或者把自己的幽默遮蔽起来。这种行为，又会影响到人们对女性幽默感的认识。在一个漫画爱好者的BBS上，有人发狠地说，女人就是没有幽默感，如果女人画幽默漫画，他一定不会看。后面的回复是：“你难道不知道《漫画月刊》是王慧侠编的吗？”这实在是诡异得令人发笑。看来，即便女人们表现出了自己的幽默感，男人也装作没看见。

“坏女人”为什么越来越多？

不光个人会有风评，一个时代或者一群人，也有风评。这几年最常听到的关于女性的风评是：“坏女人越来越多了。”但稍微深入追问一下，现在的坏女人都坏在哪里？得到的答案都如出一辙：她们抽烟喝酒，穿着暴露，出没夜店，夜不归宿，在社交网络上勾三搭四。

这难道不都是正常的生活方式、正常的欲望表达吗？如果换成男性，这些行径简直再普通不过，绝不会成为作风好坏的标准，但社会对女性，永远要苛刻一点。所以，不是女人普遍变坏了，而是女人有机会表现出自己正常的欲望，而这种表达还没得到普遍的接受，于是显得格外出挑。

“坏女人”的“坏”，在不同的时间地点有不同的标准，“坏”的门槛，有高有低。《诗经》的时代，是天真未泯的时代，各种束缚还没有，欲望表达是正常的，男人女人桑间相会，水边相望，也照样被歌咏，所以曾园老师说，所谓“思无邪”，并不是那个时代格外庄重，而是人们根本没有“邪”的概念，压根没觉着那有什么不好。

而后风声渐紧，各种严苛的约束被加上来了。《聊斋志异》里，就有大量风评不佳的女人，出身不好，性格过于活泼，与一个以上的男性有过深入交往，都会被贴上“坏”的标签。这种标准，直到近代还管用，脚缠得不好，不受婆婆待见，也是坏女人。电影《一代宗师》里，叶问带着妻子张永成到金楼（大概相当于今天的高档夜总会）去听曲，就被视为出格举动，张永成在别人的打量下，浑身不自在，需要丈夫安抚才定下心来。

20世纪70年代，那道“坏”的门槛也没提高多少。金大陆的《非常与正常》里，写过这么一件事：曾是亚洲时尚之都的上海，在70年代开展了“抵制奇装异服”活动，遭遇抵制的装束，也不过是大尖领衬衣、女士半透明尼龙衬衣、大波浪烫发之类。1974年，菲律宾总统马科斯夫人访华，穿了一件漂亮的连衣裙，有女士仿制了一件穿上街，被上千人尾随，最后被巡逻民兵带走。可想而知，不论她下落如何，“坏女人”至少是当定了。80年代呢？鲁敏小说《此情无法投递》写的是“’83严打”，一群年轻人，关起门来开家庭舞会，十九岁的陆丹青，因为和少女斯佳在舞会上亲热，被判了死刑。

此后三十年，女人的欲望表达终于渐渐回归正常，“坏”的门槛也越来越高。当然，这个过程始终与争议相伴。《非诚勿扰》刚刚在电视上播出，男人们简直要炸了，将这个节目概括为“两个鸡头带着一群小姐”，不断辱骂。是啊，女人公开选男人，公然表达对男人外貌、收入的意见，简直坏透了。

但在长期禁锢之下，猛然获得欲望表达的机会，女人们的表达多少有点走样。所有的人类经验，都需要传承，不论是化妆、穿着，还是呈现性感、书写欲望，都需要阶梯状进步。但这种传承又分明是缺失的，女性像是从荒蛮被骤然拖进了繁华，多少有些慌乱，未免从一个极端，走进了另外一个极端。

遇到过许多女性，是很性感，但性感得像电影——不是褒义，是贬义。她们像是从情色电影里走出来的，夸张而戏剧化。她们学习性感，学习欲望表达的课堂，显然就是情色电影，她们的老师，可能就是电影里的叶玉卿、叶子楣、李丽珍、蓝燕，但这事就和把戏装穿到街上一样不靠谱，在舞台气氛下，戏装不会让人觉得异样，在日常生活中，那种戏装一样的欲望表达，就格外离奇。

要知道，在一个男性主导一切的社会里，情色影像里的女人，都不是寻常人，她们是按照男性意愿塑造出来的，她们总是努力讨好男人，主动呈上自己，百无禁忌，勇于尝试，动不动就眼神火辣地匍匐着爬过来，她们的欲望，强烈到像是患上性瘾。

许多媒体，也都遵循这样的塑造方式，各种社交网络，各种手机上的社交平台，最终目的，也是以性为撬点，通过提供更多性的机遇，更多的可能性，把每个人的胃口撑大。所有这些，合力制造了一个错误的印象：非如此不可，女人只有这样才是解放自己，才是直面欲望，才是回归本真。

坏女人为什么越来越多了？欲望表达的机会越来越多了，而失真的表达又随处可见。

没有机会愤怒的女人们

香港电影里，男人骂女人的时候，常常会说："疯妇啊你！"问题出现了，"疯狂"为什么总是和女人联系在一起？女人稍有出格表现，就会被视为疯妇？

娱乐圈有太多这样的人和事。曾有人自称某男星的妻子，开设微博，愤怒指责男星抛妻，被该男星否认，随后，媒体出现质疑她身份和精神状况的帖子，很多地方也拒绝对她进行报道。人们认为，这类事情应当有"更好的"解决办法，例如靠私下里的调节，或者靠女性单方面的忍受，家里的私事闹到台面上来，而且是以这样不堪的方式，是完全不应该的。在以男性为中心的社会里，一个女人闹到这种地步，不论她是否有理有据，她已经完全失败了，至少，疯妇是当定了。

女人是很少有机会表现愤怒的，因为，从一开始，女人就被塑造成更温和、恭顺的一个性别类属，她们必须兢兢业业地按照这个性别印象去定义自己，她们一旦愤怒，就会被视为反常，视为对她们性别的背叛，并被毫不犹豫地扣上疯狂的帽子，比如怒闯央视新闻发布会的胡紫薇，还有那位不被承认的妻子。

文学评论家桑德拉·吉尔伯特和苏珊·格巴，曾经用文学形象，讨论过这种现象，并写成了一本经典著作《阁楼上的疯女人：女作家与 19 世纪的文学想象》，她们认为，《简 · 爱》和《蝴蝶梦》，是以男性为中心的社会，而女性形象被歪曲的经典作品，尽管这些小说原本出自女作家之手，但她们第三者的身份，导致她们必须对男性做出附和。

比如《简 · 爱》中的前妻伯莎 · 梅森，作为阁楼上的疯女人，她时时出来破坏他人的好事，直至最后放火烧毁了桑菲尔德，但她或许不过是另一个愤怒的、不合作的简 · 爱，只有化身疯女人才有机会释放愤怒。还有《蝴蝶梦》里的前妻吕蓓卡，有着放荡糜烂的过去，最后被丈夫杀死并沉入海底。她们构成整个电影最阴森可怖的那一部分，镜头一拍到她们，连灯光都变了，必须要从下面打上来，越发显得她们面目狰狞。

她们为什么愤怒？因为她们对男性也有要求，而这要求常被忽略，比如，对男性婚内身体忠诚度的要求。此前多少年，这种忠诚只向女性提出，而从来没有向男性提出过，但现在，女性在经济地位上，逐渐实现了和男性的平起平坐，许多女性，甚至比男性更强、更有力，掌控更多的资源和财富，于是，她们开始对男性的身体忠诚有所要求了，她们希望男性能够在欲望的世界里有所克制，至少要在某个时间段内，保持身体上的相对纯洁。当这些要求无法得到满足，甚至从一开始就被忽视，愤怒就产生了。

对于男人和女人，愤怒本没有什么不同。巴列霍有诗云：“愤怒把一个男人捣碎成很多男孩，把灵魂捣碎成很多肉体，把肉体捣碎成不同的器官。”对女性来说，愤怒也有相同的作用，它让一个女人变成许多小女孩，变成碎裂的肉体。但男人的愤怒，常常得到正面的解读；女人的愤怒，却被当作疯狂的征兆，女人是没有机会愤怒的。

我不主张所有的女人都用激进的方式发泄愤怒，但当一些女人以愤怒女神面貌出现的时候，整个社会应当先进行反省，考察她们愤怒的由来，并且，在将她们“疯妇化”的时候保持一点犹豫和慎重。

女人，你的名字不叫撕

看了最近很红、很有话题性的一部国产电视剧，如鲠在喉，不得不吐槽几句。

这个电视剧，号称自己展示的是都市青年的生活，但一路看下来，这部剧的核心剧情，就是几位女性角色的互撕。开场就是一个派对，女一在这个派对上，被女二率领的一群闺蜜各种虐，最后还被泼了酒，理由非常奇葩：这群女人嫌她装，嫌她绿茶。接下来，女二瞒着现任男友，插足女三的恋情，在各种公开场合撕女三，女三奋起反击，在各种公开场合对女二进行辱骂、扇耳光、撕扯头发。恋情遇到阻碍的女三，在失落之余，又和女四的男朋友暧昧，女四于是和女二结成同盟，紧接着却打上了女二男朋友的主意，又是各种辱骂、扇耳光、撕扯头发。总之，这出戏的剧情全都是为“撕”服务，逻辑也都为“撕”让步。

之所以不提名字，是因为不想替它宣传，另外，这种女性撕扯剧，根本不是孤例，而是风潮。各种宫斗戏，核心是嫔妃们的撕；职场戏，是女白领们的撕；友情戏，是闺蜜们的撕；家庭戏，是婆婆、媳妇、小三、红颜知己的撕。总之，在我们当下的娱乐文化里，女性的主要作用，就是互相撕扯，男性却都友好团结，光明磊落。不仅戏内，戏外也是如此。电影电视做宣传，若是女性群戏，就渲染她们如何争戏抢镜，轮到男性群戏，就渲染他们为工作忘却一切，成员之间的友好近乎基情。就连许多平素有态度的、由女性主掌的媒体，写起新闻来，津津乐道的也不过是女明星的撕，手撕前任，手撕白莲花，手撕女性竞争对手。

我参加工作进入社会已有二十年，对人际关系，绝对没有乌托邦式的幻想。但对“撕”这件事，我的感觉是：一、撕只是生活中很小的部分；二、撕不是女性的专利；三、撕过之后，不论输赢，还是要独自面对自己的命运。财务人员撕完了，还得按着计算器算账；作家们撕完了，还得一个字一个字地写。

但当下娱乐文化里这套“女性撕扯哲学”的关键内容却是：一、撕是人们生活的全部；二、撕是女性生活的全部，更是年轻的都市女性生活的全部，女人们千辛万苦漂到北上广去，为的就是一个撕；三、撕可以解决人生的全部问题，撕过之后，牙不疼了，腰不酸了，妃子变成皇后，前台变成董事长。

女人真有这么爱撕吗？或许有性别因素，多数时候却是社会塑造的，是男性社会把这套“女性爱撕扯”的印象，通过电影电视剧，通过娱乐新闻，通过鸡汤文章，扣在女性身上，但最悲催的却是，许多女性也欣然接受这种印象塑造，顺应之，迎合之，积极投身到这种自我塑造自我贬低里，“绿茶”“圣母”“白莲花”“春哥”“曾哥”之类的印象标签，是这种自我贬低；宫斗家斗戏，是这种自我贬低；防小三赢得丈夫心之类的鸡汤，也是这种自我贬低，俗不可耐，且 Low 到爆炸。

所以，每逢影人们讨论我们的电影如何走向世界的时候，我都在想，什么时候我们电影中的女人能停止撕扯，像《地心引力》中的女人那样纵横天地间，什么时候我们的电影才会拥有和世界接轨的普世价值。

电视剧也有风向，90 年代流行苦情戏，后来又流行谍战戏、穿越戏，但愿这股都市女性撕扯潮，也只是一时风潮，供我们在五年十年后，当个笑话看。也但愿我们的年轻女性，不要在这股撕扯潮中迷失自己，以为人生的全部目的，就是撕，人生的唯一手段，也是撕。

虚荣，也是一种正能量

朋友曾在韩国留学很久，对韩国人的脾性有各种吐槽，很多都有政治不正确的嫌疑，但也很有文献价值。例如，她告诉我们，她的韩国女同学 A，从父母那里得到的生日礼物，是一笔整容经费；韩国女同学 B，暑假去肯德基打工，用赚来的钱去整了鼻子。

这里面有两个亮点：第一，整容是韩国人日常生活的一部分；第二，一个暑期的工资，够做一次小规模整容，可见他们工资不低。

世界各地的女性，做整容的概率，恐怕都差不多，医学美容技术发展到今天，给了人类改变自己相貌的机会，这样的机会，不用白不用。我们却很乐意把整容和韩国人联想在一起，并屡屡用整容来调侃他们。每年的“韩国小姐”比赛一开始，参赛选手一亮相，网民的狂欢节就来了：“脸盲症发作了”“这不明明是一个人吗”“选手们一上场，‘嗖’一声，台上只剩下了一个人”（这个段子用的是“连连看”这个游戏的典）。明着是调侃整容，暗地里，是对韩国人脾性的嘲谑，他们爱面子，他们虚荣，他们尽弄些假的东西充门面，他们动不动宣布别人家的东西是自己发明的，以至于网友用这个段子创作了好多笑话。

看韩国电影，也隐隐有这种感觉。1998 年之后，韩国电影在不温不火地酝酿了好多年后，开始大爆发，一下子出现了好多品质和票房都不错的电影:《生死谍变》《八月照相馆》《春逝》，等等。尤其在2012年，更是出现了好多质量上乘的作品。不过，看了这些电影，总觉得有太多好莱坞电影的影子，框架、桥段、影像风格，都在向好莱坞学师。这些电影，很工整，很认真，但就是缺点儿什么。

就是这些学来的、模仿来的、制造出来的东西，让韩国成了亚洲的文化输出大国，从服装、化妆品，到流行音乐和电影，甚至连他们的食物，都在我们这个美食大国占了一席之地。

可以这样理解：小到一个人，大到一个国家，都有一个由假及真，从学习到被学习的过程。他们开始是模仿借鉴，然后是消化整理，最后再度输出，但最终整合出了一套有着强大说服力的文化体系。

整容就是一个特别具有隐喻性的东西，整得像范冰冰，像宋慧乔，恐怕都不难，难的是接下来的事，既然已经伤筋动骨劳民伤财地整好看了，在别的地方就得快步跟上，得打扮得精神点，得注意谈吐气质，还得进行各种维护，不然就白折腾了。相貌其实只是一个框子，里面的内容，要旷日持久地填很久。

虚荣，很可能是一种正面力量。给自己设定一个目标，假装自己已经完成了它，带着目标完成的喜悦生活着，但久而久之，也会有几分真，甚至会越来越真。重要的不是真假，而是你设定的是个什么样的目标，以及在上面花了多少时间。而且，要持续地在虚荣上花时间，是很需要精气神的，韩国人征服咱们的，恐怕不只是他们文化的质量，而是那种精气神。

深明此道的，不只有韩国的男人女人，南美那些国家，把美丽当作产业，把美女当作生产力，有潜质的姑娘，从小就被选送进这些学校，从形体化妆到礼仪进行训练，她们中有许多人，在“环球小姐”和“世界小姐”的赛事中得到过好名次。这样费力，为的只是转播赛事以及旅游业的收益吗？恐怕不是，为的是给全体女性一股蓬勃向上的精气神。

不怕假，不怕背负虚荣之名，怕的是没有那种精气神，没有那种把假的变成真的的勇气和耐力。这是韩国女人们给咱们的教益。

冷漠是一种瘟疫

狄更斯在小说里这样描述一个冷漠、倨傲的人:“伸出手指甲给人握了一下。”在娱乐圈的各种场合，冷漠是常见的人格特质，到处都是伸出手指甲给人握的人。在利益纷争面前，在与陌生人交接时，冷漠是保护，是为了不透露底牌，也是为了说明自己的地位。

但冷漠有一个巨大的副作用：它像一种情绪发射塔，会在近旁的人心里引起回声，就像女诗人西尔维娅·普拉斯的诗《话语》:“斧子 / 在砍伐树木之后 / 传来回声 / 回声扩散 / 马蹄般向远方奔驰。”尤其是，一个占据主导地位的人把冷漠作为主要的情绪表达方式，周围的人也都会逐个被波及。

朋友去某剧组探班，见识了冷漠的这种效力。这是一个小成本电影，本来只能请得起刚出道的新人或五六线的演员，但制作方为了票房，请了一个二线女明星担任主角，而不论导演，还是男主角，在娱乐圈的权势榜上，都远远不及她，她由此成为整个剧组里最重要的人。她不停地迟到，不停地对吃住行和化妆服装提出额外要求，反复要求改剧本，改台词，出入都绷着脸，说话掷地有声，哈出的气都带着冰碴子。

这个剧组的基本成员，并不是第一次合作，半年前，他们曾经在另一部小成本电影里聚首，那部戏在西部拍摄，又是冬天，条件非常艰苦，但因为几个核心成员性格温良，大家都呈现出性格中平易的一面，剧组成员相处融洽，散伙饭吃过之后，还常常联系，互相帮助找活。但这一次，奇怪的事发生了，还是那拨人，在比较好的拍摄条件之下，剧组成员的关系却异常僵硬，成员之间，依据女主演的情绪分级和态度亲疏，划分出了等级，她略微和颜悦色以对的人，地位就会上升；她冷漠以对的人，在剧组的地位直线下降。戏拍完之后，剧组成员都像是经过了一次冷冻，很久之后才恢复本来的性格。

冷漠是一种瘟疫，会不停地蔓延。如果一个小团体里，居于核心位置的人，性格冷漠，整个团队都会被传染，都会依照他（她）制定的情绪准则行事。一个团队的集体性格，其实就是最有权力的那个人的性格。

这并不意味着，平常人的冷漠，就没有这种力量，平常人的冷漠，哪怕只是针对一个身边人，或者陌生人，那情绪也会像接力棒一样，传递给下一个人。有一次排队办证，排在前面的人，向办事员提了几个问题，得到的都是冷冰冰的回答，紧接着，古怪的事发生了，当他的妻子问起他询问的结果时，他的语气和措辞，都和那位办事员完全一致，简直像被上了身。好情绪未必有这种传导能力，坏情绪却有强大的辐射能力，如果不幸变成一个坏情绪的传导者，个人的感受也一定不会好。

所以，我很喜欢日本电影《入殓师》，这部电影里的主人公小林君是个入殓师，他生活和工作的地方，简直是个最大的负能量场，但幸运的是，尽管他看起来柔弱，内心却十分强大，立志要让这个世界上残酷驱动残酷的死循环在他那里终止，他温柔对待每一个死者，跟死者家属以礼相待。他像个绝缘体，冷漠也好，怨恨也罢，在他这里没有激起回声。和他交接的人是有福的，他也得以从传导者的角色中脱身。

你瞧，解决冷漠的办法，绝对不是将它传染给下一个人，那等于让冷漠在自己身上经过了两次，对待冷漠，应当油盐不进，谢绝成为它的回声。

羞怯所体现的克制之美

本地方言里，羞怯还有两个名字，叫“磨不开”和“扯不展”，含义显而易见：拘谨，缺乏自信，因此……吃不开。这种理解，也是大多数人的理解。但我对羞怯的理解，略有不同，羞怯，不应该是表面的扭捏，从更深层次来看，它是且应该是一种克制精神。

某女星对家事的处理，就体现了羞怯精神的实质。丈夫上微博申诉，引起轩然大波。依照娱乐圈的惯例，这几乎是一个最好的炒作时机，应当赶紧发布文字声明和声泪俱下的视频，开记者招待会，既引起注意，也在家庭内部赢得道德资本。要知道，网络时代的娱乐圈，只要能够提供话题性，好事是好事，坏事也是好事，经过这样一番折腾，人们会把所有动向归于炒作，进而怀疑事情的真实性，反而消解了它的负面效果。

她的做法是，不做任何回应，冷处理，若无其事，十天后亮相电影节，被问到家事，和颜悦色地回答，希望大家能够理解，她作为一个孩子妈妈，需要一点个人空间。这件事也就到此为止了。她的表现让人惊艳，她懂得把握这个度，知道这很难看，她在一个艺人的反应和一个女人的反应之间，选了后者，在最有可能失控的时候，收回进攻性，克制面对。

张晓风有篇文章叫《我在》，写的是一个人用种种方式，来感知自己的存在，宣示自己的存在，每遇山水盛景，喊一声“我在”。而羞怯，是一种反向的存在感宣示，是知道世界的水深水浅，所以不敢造次，不知道一声喊叫是否引起雪崩，所以尽量小声或者无声地表达自己的在场。

这或许还是对自己的无知、拘谨、不自信的粉饰，但知道自己的无知，并且设法遮掩，已经是一种人性进展。这是更强烈的存在感，是在自身之外观察自己，呈现着一种克制之美。

羞怯也不仅仅是一种表面化的表情或态度，它渗透在所有角落，在为人处世、工作或创作中，羞怯是一种隐形的风格。

有些电影，让人能感受到创作者的羞怯，例如《情比姊妹深》，讲的是两个女人持续一生的友谊，有许多情节可供煽情，但导演加里·马歇尔显然是个羞怯的人，每逢剧中人有吐露心声的迹象，他总是让他们稍稍说两句就赶紧收手，绝无大段对白独白，更不会泪如雨下。这样许多次之后，我简直都要笑出声来，我几乎能够想到，他在演员即将过度表演的时候，抱住他们的腿喊着：“你要理智点啊！”他一定非常害怕那种突兀而庞大的存在，害怕自己的电影过于有侵略性。这种羞怯成就了这个电影，使它回味悠长，久久难忘。

还有歌手郁可唯，当年在选秀舞台上，她给人的第一印象，就是羞怯，她少言、内敛，表情很节制。她的歌艺却体现了这种羞怯的另一重意义，她的声音和气息控制力都很强，很懂得利用舞台音响，感情表达也刚刚好，这一切都在说明，她一定经常打量自己，以一种置身事外的态度，打量自己的声音和表达，在别人提出非议之前，已经非议过自己很多遍了，一旦出手，就不会失手。这是羞怯者的最大收获。

羞怯也有层级，如果它是一座金字塔，那种本能的、天然的羞怯，是这座塔的底层，真正高贵的，是经历世事、获得权力之后的羞怯，甚至是体验过嚣张跋扈之后的羞怯，可为却不为，有弦，却没有箭。

必须要隐藏的惊愕

在娱乐圈的公开场合，很少看到有人真正表现出惊愕。也许我们在颁奖典礼上，看到过貌似惊愕的表情：明星知道自己获奖时，睁大眼睛，用手掩嘴按胸，环顾四周，然后奔上舞台领奖，但我们知道，那是有准备的表演。我们从没看到过女明星知道自己爱人出轨时的惊愕，没看到演员知道自己被同行诋毁时的惊愕。

我们可以合理推断，那些时刻是存在的，只是被隐藏起来了。我们可以想象，当潘粤明知道董洁的团队，发布声明指责自己的时候，必然是惊愕的；我们也可以想象，当邓文迪知道自己的婚姻即将破灭的时候，也必然是惊愕的。但这种惊愕只存在于想象中，惊愕稍纵即逝，惊愕锋利如刀锋，很难在现场捕捉，除非是当事人多年后自己进行讲述。翁美玲的荷兰男友 Rob Radboud 曾说，当年他看到翁美玲成名后的影像之后，感到非常惊讶："她不是我认识的 Barbara（翁美玲的英文名）。"人生中的意外、反转、突如其来的变化，必然引发惊愕。

二十世纪九十年代的香港电视界，模仿日本的综艺节目，创办过一种叫作"搞搞震"的整蛊节目，节目制作方派出工作人员，去接近艺人，制造各种意外，并在隐蔽处放上摄像机进行偷拍，捕捉艺人大惊失色的瞬间。有一期节目，是让工作人员扮演乞丐，在女星大岛由加利回家的路上靠近她，不停地纠缠她，看她怎么处理这种情况，最后，假乞丐亮明身份，摄像师从暗处走出来，我们看到的，是大岛由加利先惊后笑的表情。

这个节目之所以受到欢迎，根本原因在于，人们很少看到艺人的惊愕，或者说，人们很少看到他人的惊愕，很愿意用这种人工的方式，去制造一次意外，来捕捉那种瞬间。惊愕，因其短暂，因其稀有，拥有了观赏价值。

惊愕之所以少见，还有一个重要原因：它总是被压制和隐藏。我们的文化中，有一种针对性格、情绪的势利。当一个人看上去气息舒泰、性格明朗、信心充沛时，这种势利，就促使我们形成一种判断：他曾经被很好地对待过。对于这种人，人们从来不吝于锦上添花。而当一个人看起来内向忧郁，或者不够镇定和沉静，情绪起伏过大时，这种势利，就促使人们以更冷酷的方式对待他——他肯定被亏待过，不妨继续亏待下去。我们给那些看上去拥有一切的人更多，而给被亏欠者更多的亏欠，像《圣经》中所说："凡有的，还要加给他，叫他有余；凡没有的，连他所有的也要夺去。"

惊愕就是这种足以引发亏待的情绪。在《三国演义》和《水浒传》等古典小说里，正面人物总是稳坐如山，听到喜报或者噩耗也不动声色，而反面人物总是战战兢兢，炸雷经过也会惊掉手中的筷子。当然，这种正负判断，其实是创作者加上去的，行大事者未必总是那么不动如山，卑琐小人也未必总像惊弓之鸟，但这种创作上的判断，正是一种群体意识的凝结：过多展露情绪波动的人，是人际政治中的失败者。

催眠术的催眠手段里，有一些就是通过给对方带来惊愕而实现的，骤然拍一下被催眠者的肩膀，给被催眠者看一些可怖的画面，突然放出怪异的声音，在对方惊愕的瞬间，催眠师开始行动了。

这是我们总在掩盖惊愕的原因，也是我们很难看到他人惊愕的原因。惊愕是一个情绪上的缺口，是心理上的失防，只有在那些我们最亲近的人面前，我们才会毫不设防地展示自己的惊愕。

去谴责害人者，而不是替被害者慨叹

说一个故事：一个女孩子，安安静静过着日子，对生活有憧憬，然后被一个假冒富二代的男人处心积虑地给骗了。他安静稳当，住在豪宅里，做外贸生意，两个人相处大半年后，准备结婚，女孩的父母担心她嫁入豪门会受气，为了给她长精神，卖了小城市的房子，给她付首付，但那个男人却拿着那笔钱跑了。后来，他们才知道，他的一切都是虚构的，豪宅是租的，生意不赚钱，连她在内，骗了好多人。

作为一个情感专栏写作者，面对这种事，该怎么接招呢？该做出什么样的反应呢？

起初我想，替她反省吧，慨叹她没有遇到过好男人好感情，对好感情没有辨识力，可以引用武志红老师的话："曾了解几个被骗钱骗感情的女孩，最后发现，骗子给的情感与关注，已是她们这一生中遇到的最多的，质量最好的。甚至扣除掉骗的成分，也仍是如此。"或者慨叹人不该奢望太多，一个没有什么特别之处的女孩子，凭什么认为自己会得到富二代的垂青呢？凡是天降的好事，多半有猫腻，她应该多点心眼，而不是过分自信地认为自己有资格承接这么一份爱情。

咦？似乎有哪里不对呢。

2014 年年初，汤唯遭遇电话诈骗，被骗走 21 万元，网络上一片奚落之声，有人嘲讽她不智，对社会了解太少，光知道闷在片场拍戏；也有人嘲讽她钱真多，轻易就拿出 21 万给电话骗子，没准真做了什么亏心事；也有人慨叹女神从云端跌落，并且给她提供了各种防骗建议。总之，被骗一定是她的错，如果她能眼观六路耳听八方，如果她能防微杜渐，就不会受骗。再早一点，林森浩给室友黄洋投毒，让后者在痛苦挣扎了十几天后死去。人们根据网上只言片语的爆料得出结论：一定是黄洋太高调浮夸，让家境贫寒性格内向的林森浩处处尴尬，才让他起了杀心。后来有确凿的信息说明，黄洋的家境也非常贫寒，曾经因此考虑放弃保研。人们又说，一定是黄洋性格太强势，不懂得谦和忍让，才招来如此大祸。

总之，都是受害者的错。

生在人间，如果不想成为专业害人者，总是有可能成为被害者的，不说别的，就说诈骗吧，这正是一个骗子狂欢的时代，我们的遭遇写下来，简直像一出黑色喜剧。坐在家里，有电话诈骗，方式五花八门，电话欠费了要交罚款；家里有人嫖娼赌博被抓了，要给张警官汇钱；涉嫌洗钱，要把所有的储蓄转到警方的账户上；得罪了人要被卸腿了，要赶紧汇钱通融。走在外面，电线杆上有富商的情妇借精生子；有短信诈骗，被《我是歌手》《爸爸去哪儿》剧组抽中了，要汇手续费；假房东要房租，还有更直接的：“请给某某账户汇款五千元。”网络时代，个人信息的泄露，完全不可避免，我们每个人，其实都是赤裸着迎接来自整个世界的恶意，和整个世界的围猎。这样高密度、高强度的围猎之下，总有人中招，或者说，总有中招的时候。更何况是这种精心设计、款款放置在爱情氛围之中的骗局呢？他倾听她，和她安安静静地相处，甚至谈婚论嫁，而她被骗钱财，其实也纯属意外，如果她的家人不是那么要强，一定要给她出买房子的钱，她和她的家人，也不会有太大的钱财上的损失。只能说，他是在一个大骗局里遇到了她，卷走客户的钱的同时，捎带着把她的钱也卷走了。这种情感氛围中的骗局，绝大多数人遇到，都难以幸免。

正确的态度，难道不是该谴责害人者吗？但我们总是习惯于替受害者反省，这种反省，其实是种自得，为自己没有成为猎人的目标，为自己还没有落入猎人的陷阱。替人反省，往往只是在替害人者寻找理由，因为被害者的行为也有瑕疵，心理上的防火墙出现了漏洞，自己只要避免这些瑕疵，就能避免被害。

替人反省，就是二次伤害。不如省下那份心，谴责害人者，认真干脆地谴责害人者，不让他们在现实受益后，还在舆论上受益。这才是我们这些不想害人的人，该操的那份心。

慢慢爱是一种慈悲

前几年，我屡屡从一个朋友那里，接到一项无聊的任务。

他正处于婚恋准备期，常常要去相亲和见网友，每次见人，他都提前告诉我约会的时间，我则需要在他们见面后十五分钟时，打个电话给他，打通之后不用说话，只听他演独角戏。如果对方还不错，他就装作接到朋友聚会的请求，并表示自己来不了；如果对方没能入他法眼，他就装作是接到领导要求加班的命令，一惊一乍表示马上赶来，然后做出深藏功与名之状，淡然脱身。终于有一次，他得到了报应，约会才五分钟，倒是对方先接到了电话，然后声称要加班，迅速离去，把目瞪口呆的他留在原地。

这时代，每个人都在设法抢先离开，而且是毫发无损地离开。

所以，“速度”成了我们这个时代感情的重要特征。一方面，时代的转速太快，整个世界给出的选择太多，让我们已经习惯了一种“游乐园速度”：马不停蹄地奔向下一个游乐点，而每个游乐项目，每个“购买点”，都得在短时间内攫取参与者的身心，得快，得迅速获得效果。对待感情，也是如此，社交网络给出了无数性的、感情的机遇，我们马不停蹄奔向下一段爱情、下一段欲望，每段爱情，如果没能在五分钟内吸引我们的注意力，就得迅速切换到下一段。一切都得快、浅、有效，但求曾经拥有，以便于奔向下一个目标，以便尽可能多地占有那些机遇。

另一方面，我们怀着一种惧怕，生怕对方比自己更快、更果断。当我们给出十五分钟的时候，却发现对方只肯给出五分钟，下一次，我们也只肯给出五分钟或者更少；当我们愿意给出一年的时候，却发现对方只准备了六个月，只有暗暗加快自己从感情中脱身的速度。在这种隐蔽的较量驱使下，原本就变得快捷和廉价的感情，更是带上了加速度。速度已经变成了一种武器，只看谁抢先拿出来，就像特工们的拔枪比赛，谁晚谁吃亏。被这种隐忧照耀着，感情越来越像流沙，没有温度，没有湿度，也没有深度。

木心有首诗叫《从前慢》："从前的日色变得慢 / 车，马，邮件都慢 / 一生只够爱一个人。"我们对感情质量的要求，我们对生活里温度、湿度、深度、长度和厚度的要求，都和时间有关。慢下来，多用点时间，就热了，就润了，就深厚了。爱情、友情，都是如此。

就像杜甫和李白。杜甫一生给李白写了那么多炙热诗歌："白也诗无敌，飘然思不群。""凉风起天末，君子意如何？""死别已吞声，生别常恻恻。"略微深究一下，却会发现，李杜两人，一生只见过两次面，第一次见面是在天宝三年（744）的春天，当时李白 43 岁，杜甫 32 岁，两人在洛阳碰头，又遇到高适，于是三人同游："亦有梁宋游，方期拾瑶草。"此后短暂分别，第二年春天，李杜在鲁郡会合，随后同游齐、鲁："余亦东蒙客，怜君如弟兄。醉眠秋共被，携手日同行。"春末，他们再次分别。

相处几个月，却忆了半辈子。固然因为他们灵犀相通，也因为，一切都得之不易。见一次面，需要长途跋涉，乘马乘车，此后又要经历长时间的离别，天灾人祸，在去见面的路上，有的是时间去期待、想象，加深了见面的喜悦，分别之后，又有的是时间去想念、重温，加深了情谊的刻度。

那时候的爱情、友情，乃至衣食住行，无不如此，因为得之不易，因此格外深刻。这是古人“深情”“深刻”的全部秘诀：得之不易。也是现在的我们肤浅、薄情的全部秘密：得来太易。物质、信息、性，都因为容易得到，而失去了深深烙下印迹的可能。而一旦被卷入速度的风暴之中，就只有快和更快，一旦慢下来，就会成为输家。

似乎，也只能接受这种现实了，对于从前的慢，对于现在的快，我们无法做出简单的优劣判断，不好简单肯定或否定。但人类学家 Oberg 曾经提出过一个说法叫“文化震荡”——由于失去我们所有熟悉的社会交流符号和信号所引起的一种心理反应，我们可以套用这个说法，提出“情爱震荡”——由于动辄丧失熟悉的情爱信号，转去适应新的信号而引起的震荡。那种震荡，给我等肉身凡人所带来的，恐怕更多的是损耗。

是时候慢下来了，给自己多一点时间，也给别人多一点时间，而且要达成共识，所有人都从增加五分钟做起，慢慢爱，慢慢体会，努力发掘一段感情中的养分，和一个人培育深厚的联系，不用速度去伤害别人，因为，速度这个武器所伤害的，并不只有别人，还有自己。

慢慢爱，是大慈悲，对别人，对自己，都是慈悲。

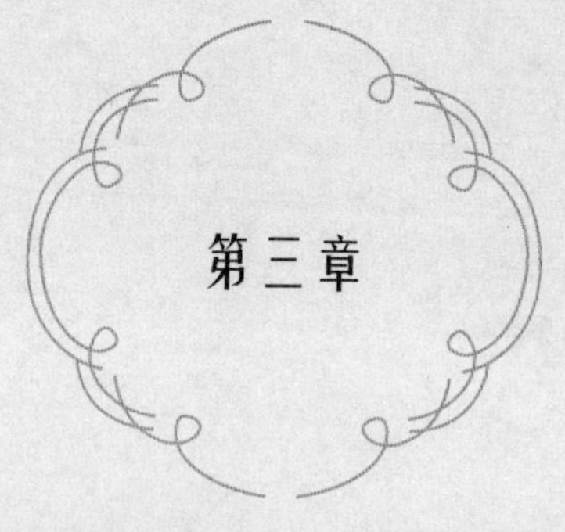

第三章

人人心中都有一个老灵魂

“暖男”是一种什么生物？

生活里缺少什么，人们才会渴望什么，正因为生活日趋坚硬，人们渴望柔软，所以“暖男”开始流行，一篇写“暖男”的文章，发布在个人的微信公众号上之后，创下了几百万的浏览量，足以说明，这种渴望有多么强烈。

当我们谈论“暖男”时，首先面临的问题是，该怎么给它定义？综合许多讨论的结果之后，网络辞典给出了定义，所谓暖男，是“能给人温暖感觉的男子”，暖男的要素，更多地体现在生活和情感领域，他们温和细腻，能够洞悉和体察别人的情感，他们勤劳肯干，懂得照顾人，是顾家爱家的生活家，能让别人觉得如沐春风，给身处不安之中的人，提供安全感和舒适感。

那么，世界上有没有这么温暖的人？似乎有吧，在电影里，在小说中，在明星给出的形象里。

例如《来自星星的你》中的都教授，例如电影《横道世之介》的主人公横道世之介，都是经典暖男。尤其是横道世之介，他爱笑，像是没有心事；他热情洋溢、天真烂漫，让所有人都怀念他；他乐于助人，最后也因为助人而死。他像是某个人，又像是所有人，他分明是有特性的人，呈现他性格的细节，都是那么具体，但他又是有空性的，像是个幻觉。所以，网友说，你会觉得世之介这个人物是真实存在于生活中的，只是想不起他到底在哪里。他是一千个人合成的，是用理想性格为素材做成的芭比娃娃，更是 80 年代那个纯真时代的化身。

显然，所谓暖男，其实是完美男性的另一个名字，只不过，这一次加上了新的表述，换了温暖牌包装，更注重强调男性的情感能力，隐藏了对他们经济能力的要求。为什么会在这样的年代，出现这么一种需求？心理专家刘丹概括得更好，她认为，现在的生活节奏快，情感成本高，人们都在避免感情投入和感情卷入，而所谓“暖男”，其实是有感情滋养能力和投入能力的男性。

正如电影《卡萨布兰卡》中那段台词所说：一个男人，有没有钱，有没有地位不重要，重要的是他有没有生命力。尽管这种生命力，却必然有世俗意义上的结果，指向财富，指向地位。但让人叹服的，却不是财富和地位，而是滚石上山一样的，绵绵不绝的，与生命之短促、人生之艰难起伏对抗的心力和命力，以及将周围人凝聚在一起，给他们安全感的能力。总之，在物质生活极大丰富之后，人们又对男性提出了情感能力上的要求。

这种需求不过分，但当我们将这种需求不断放大，将“暖男”视为寻找伴侣的最重要模板时，难免会遗憾地发现，能够满足这些条件的男性，实在太少了，甚至可以说，根本不存在，他们只可能存身于电影电视里，以及明星的形象中。而现实中，每个人都有自己的脾气、性格，以及自己的具体情况，不可能是一千个人合成的完美男士或者完美女性，“暖男”其实是一个人造生物，供人们意淫和对照，而我们面对的，只可能是一个具体的人，有瑕疵，有缺陷，对一个人提出一千个人的要求，多少有点虚妄。

隐藏在这种“暖男”寄托背后的，还是人们一直以来的完美渴望，一种乌托邦一样的性格理想，沉湎在这种完美渴望里，只会让人对现实越发失望，对自己的认同日渐降低。所以，当我们谈论“暖男”时，时刻铭记，那是一种理想，是一种人性天堂，而我们掉过头来，还是要面对自己千疮百孔的人生，以及漏洞百出的命运。

河豚一样的男人

河豚有毒，但经过人工饲养和严格处理，就是美味，很多人贪恋的，就是那种嘴唇和指尖微微发麻的“河豚醉”。

人也一样。许多无毒的人，同时也是无趣的，就像莫文蔚在《开水与白面包》里唱的那样：是开水，是白面包，寡淡无味。有趣的人，多少有点毒性，不那么正常，甚至有点变态。如杰克·凯鲁亚克所说：“真正的人都是疯疯癫癫的，他们热爱生活，爱聊天，不露锋芒，希望拥有一切，他们从不疲倦，从不讲些平凡的东西，而是像奇妙的黄色罗马烟花筒那样不停地喷发火球、火花，在星空下像蜘蛛那样拖着八条腿，中心点蓝光‘砰’的一声爆裂，人们都发出‘啊’的惊叹声。”

有个朋友，性格古怪，但他身边还是有很多朋友，因为他实在太有趣了，冰雪聪明，跟他说话只用说前半句，你内心所有细微的感受，难以言明的想法，他全懂，而且懂生活懂文艺，永远能发现最好玩的去处、最好看的电影、最好听的音乐、价廉物美的家居用品，隔三岔五在家里举办主题派对，时不时还会发起废墟和防空洞探险。有些朋友已经在犹豫了，但他的派对邀请一来，他们的脚还是向着他家的方向挪过去了。生活太无聊，人类太无趣，遇到有趣的人，没有人能抵挡他们的诱惑，怎么办？当他是河豚，取其精华，去其糟粕，他酒后打来电话，不接或者赶紧挂，派对结束，赶紧闪。

有个文艺圈的女性朋友，在社交网站上找到一个男人，那人资料里的文字，堪称惊才绝艳，资料里的照片，略加包装，没准就是个沃尔夫冈·蒂尔曼斯，但那些文字和图片，嗜血、恐怖、混乱，隐约看得出，他有一些可怖的经历，性生活十分随意。但我的这个朋友，还是抵挡不住诱惑，坐了两个小时动车去见他了，那人长得非常英俊，谈吐有趣，才华横溢，但就是脏兮兮的，不是那种物理性的脏，他的衣服鞋子都挺干净，而是那种心理上的脏，古怪。这位朋友知道不该和他交往，但还是抗拒不了诱惑，怎么办？只在公共场合见面，只用小号跟他聊天，绝不透露个人信息。

还有朋友，去监狱采访杀人犯，发展出友谊；还有朋友，爱上花花公子，明知道对方根本不可能对任何一个人产生深情，还是在他身边盘旋不去，因为他会玩，他的生活好玩。这都是河豚爱好者。

河豚肉好吃，河豚最迷人，但当事人必须胆色过人、厨艺上佳，才能让享受停留在嘴唇和指尖微微的麻木上，而不至于毒发身亡。

爱吃这种河豚肉的人，比想象中要多，但河豚型迷人男，却没有想象中那么多，这是一个卖方市场。于是，就有人把自己打扮成假变态，混进变态队伍，相当于用普通鱼肉冒充河豚。

有一次遇到一个电影学院的学生，在大城市出生长大，家境挺好，人长得白白净净，毕业作品涉及同性恋、易性癖、乱伦、偷窥、谋杀、冰柜藏尸，但细聊几句，发现他的生活极其简单，读过的书很少，连黑泽明都不知道（当时以为他是在捉弄我们，后来发现是真的），最崇拜的导演是金基德，谈话中间接到了一个电话，是女朋友打来的，似乎在抱怨他什么，挂了电话，他始终情绪低落，眼看要哭的样子。我心里默念，哥，变态这地界，不是那么好混的，不是草鱼多放点花椒油芥末膏，就能冒充河豚的。

河豚的毒素在于适量，变态稍微过点量，没准就是精神病了。许许多多被人描述为“很文艺”“有点二”“有个性”“有点偏执”“缺乏同理心”“外星人”的人，其实只是一个又一个程度轻重不同的精神病患者，他们的父母冷漠、偏执，家庭生活中充满暴力，他们本人性情淡漠，情绪不稳定，易怒，不能识别调侃或者玩笑，曾经信仰过邪教，或者被传销组织吸纳过，他们的写作能力（而非讲话或者其他表达能力）通常不会太好，逻辑多半非常混乱，日常交往中会有奇怪的举动，例如不明原因的跟踪、偷拍、录音。

你的交际对象一旦有这些迹象，都应当将信用评级下调，避免深度交往，维护好个人隐私，尽量少透露生活细节，更不应该将他们带入自己的社交圈。

好好享受河豚肉，科学对待人群中的变态，让危险就停留在微微发麻的阶段，给白开水一样的生活增添点异色。

人人心中都有一个老灵魂

我对年龄不对等的爱情最初的观感，来自于我的朋友V：因为一个年长的情人，她获得了稳定的生活，并改变了全家人的命运。她瞬间飞升，飞到了清贫、普通人的无力感的射程之外，让她的同辈人仰望她羽翼的光芒。

每个人看到的，都是他想让别人看到的。在我作为一个鲁莽小伙子的年纪，在我的位置上，以我的视角，我看到的，是他对她生活境遇的改变。因此，我武断地认为，他和她的关系，是一种扭曲的关系，把他们维系在一起的，是金钱的魅力。作为最好的春药，金钱地位所能提供的舒适生活，改变了情爱的动物性基础，使他在她眼里变得有魅力了。直到我终于到了大叔的年纪，直到我换了位置和视角，我逐渐发现，这种关系的价值在于，年长者也在提供一种精神资源，这种资源，或许更珍贵。

因为写作，我的朋友D拥有了一批学生读者，若干小女孩，若干小男孩，从高中生到研究生都有。他们总是在各种关头突然出现，高考、报志愿、四六级考试前、面试、签工作协议之前，他们需要D帮他们做选择，有时候，D会在深夜里收到他们发来的彩信，他们会拍一段课文给D，问他该如何理解。

这种关系从一开始就决定了走向——他们彼此都知道不能越界，不能突破年龄身份限定的交往尺度，不能像塞林格和他的年轻崇拜者那样弄成坊间丑闻，但交往又需要燃料来维持，因此，D 和他们发展出一种清明的暧昧。女孩们，会带男友来见他，当他们一起出现的时候，D 意识到，电影《那些年，我们一起追的女孩》中的说法是对的，在某个年龄段，女孩的成熟的确先于男孩，他们都很懵懂，她们却已经觉醒，她们更像是男孩们的导师，但她们对这种领导者地位又不满意，因为那是被动的，是他们的成长慢半拍导致的，她们也需要自己的导师，需要精神资源的支持，付出这种资源扮演导师角色的，通常是年长的男人。

E. 佛洛姆在《逃避自由》中说："自由对现代人有双重的意义。一方面，他逃离了传统权威，获得了自由，和成为'独立的个人'；可是同时他也变得孤立、无权力……这种状态伤害了他本人，削弱和威胁了他，使人想要屈服于新的种种枷锁。"人一方面需要打破边界，另一方面也在寻找边界；一方面渴望摆脱束缚，另一方面却在寻求束缚，只要这束缚出于自己的选择。

老男人最适合扮演这个束缚者，这种精神资源供给者、生命经验传递者。古希腊时代，少年在成长时代，必须拥有一个年长的男性，指导他们的成长，武侠小说里，内力传递，也通常由老一辈侠客来完成。在一段以暧昧或者情欲为驱动力的年龄不对等的关系中，年少一方获得的，不仅仅是物质资源，也包括精神资源。前者是鱼，而后者是渔。

所以我曾说："人人心中，其实都有一个老男人，是师傅、老师、朋友、兄长、父亲、祖父、爱人、情人、医生、船长、神父，也是山、伞、肩膀、房子、巢穴、港湾、家、过河的扁舟、一张刷不爆的卡，或者是百科全书、导航明灯……他是我们所需要的一切，是我们一切关系的总和。”作家苏瓷瓷说：“终其一生，她只是在寻找一个父亲。”这个父亲，可以是实指，指具体的父亲，是一个无限丰富的男性，就像朱天心所说的“老灵魂”；也可以是虚指，是一个有安全感、有边界的世界。

而从现实因素考虑，老男人们的优点还在于安全。他们不会因情酗酒、午夜凶铃、死缠烂打，他们懂得控制自己的感情，对感情的节奏、美感有要求，更重要的是，他们对分离已经有充分的准备。而同代人不会，他们有要求的资格，他们常常视失控为最真挚的感情表达。选择老男人的少年们，是对情感的密度浓度，以及美感有要求的人。

所以，再次遇到那种年龄不对等，或者看似不寻常的感情时，我已懂得不要妄下结论，懂得尊重他们，尊重他们的选择，尊重人的复杂，尊重世事的混沌难言，我甚至对这种关系怀有一点敬意——它多少放弃了人的本能诉求，并别有追求。

见好，也是一种爱的能力

即将订婚，朋友依旧举棋不定，问她原因，她发来了男方的微博网址，看了几页之后，原因昭然若揭。

微博上，全都是各种抱怨、讥讽，以及若有所指的刻薄话，这些话让每个和他相熟的人看了，都会疑心是在说自己。实习生太懒，上司很愚蠢，某著名酒楼的饭菜也不过如此（而且还是别人请客），以及“今天又遇上傻 × 了！”“跟愚蠢的人合作真是一种折磨！”“土鳖就是土鳖！”“旅行是最能看出一个人的水准的！”还有一些显然是针对女朋友的：“你要的爱太完美！”

他的微博用实名注册，有许多同事、朋友以及合作伙伴关注，这些话，谁看了都不舒服，就连我，看到与旅行有关的那条，都立刻开始回忆，在他发微博之前，我们有没有共同出行过。

还真是有的，那次旅行，有一段是自驾游，租到的汽车车况不一，他和一位年长的朋友被分到一个小组，那位大叔抓阄抓到的车性能比较好，他的车车况却比较差，大叔于是说：“要不你开我这辆大吉普吧，车座太硬我不习惯。”谁都能听出这是句客气话，而他却施施然接过车钥匙上了车。当天晚上聚餐，他却不住地抱怨大叔让给他的车不好，笨重，没有轻盈的感觉，不好拐弯，车里有异味，等等。整张桌子的人，没有一个接他的话茬。

对他来说，整个世界就是一块奶酪，里面全是窟窿，而他也只能在奶酪里看见窟窿。他没有看见好，看见爱，看见别人的善意、谦让、奉献和牺牲的能力，情商近乎低下，而情商，其实也是爱商。

作家柏邦妮，写过一本书，名叫《见好》，这本书是访谈集，书名有两层意思：一层意思是，相见挺好；另一层意思是，一个人要能看见别人的好，包括能力上的优点，为人处世的得体，以及对自己的善意。

这个书名的意念，是从作为受访者之一的黄晓明的经历里延伸出来的，身为大明星，接受采访时，他和人说话的时候，总是专注地盯着对方。谈话期间，非常注意对方的情绪和细节，例如电话的响动。告别之后，他一直目送对方走到很远。在谈话中，他也谈到自己更愿意看见别人的长处与优点，因为，“见好”是一种能力，“我觉得能见好的人，是感性的人，是艺术家。能见坏的人，是理智的人，是企业家。又能见好，又能见坏的人，兼具感性和理性，是领袖，是政治家”。

当然，所谓“见好”，也并不是无底线无边界地觉得世界无比和谐美好，那是天真，在经历世事之后，仍然能看出这个世界的可贵之处，那是智慧。这样的人，也会是一个挺好的爱人。

能否“见好”，足以说明，一个人曾经得到过什么样的待遇。一个人，在冷漠苛刻的家庭长大，家庭中的亲子关系很差，成年后融入社会不顺利，人际关系接受度不好，最后变成一个没法“见好”的人，简直一点也不意外。他从父母那里学到的，就是苛责和敌视，他对待别人的方式，也是他的父母对待自己的方式。

所以，从一个人能否“见好”，也能倒推出他的环境来。总是瞧不上周围的人和事，总是骂骂咧咧地发泄着、含沙射影地讥讽着的人，身心环境不会太好，指望这种环境滋养出一份长治久安的爱情，恐怕不太现实。除非当事人有极为强大的反省精神，能够克制自己的苛责，能够打压自己内心那条时刻要露头的小毒蛇，并努力培育“见好”的能力，但这么一来，他的一生，都将处在无休止的纠结中。

能够“见好”，环境不会差，自我调理的能力也不会差，和懂得“见好”的人相处，善意、让步、奉献，才是有意义的，因为对方能够看见，并且做出回馈。

最后，当朋友把她那位怨气冲天的男友推给我们鉴定时，我们诚实地表述了自己的看法，请她自己做判断。几个月后，我们再去看他的微博，看到的仍然是一片抱怨，我们背地里给他起了个外号叫“奶酪窟窿先生”，并且不无悲哀地意识到，他的一生，看到的都将是荒漠，而不是花园。

让我们来谈谈李宇春吧

媒体人李佳佳发过一条微博，曾经引起海量转发和大讨论。

她说，她有个好友，是留美海归，刚刚回国工作，在亲戚朋友的张罗下开始相亲，但她总是在五分钟内结束见面，原因是，她只关心“价值观和科学精神”，所以只问两个问题，这两个问题，一个与政治有关，一个与科学有关。显然，很多人都过不了这两个关卡。

用两个问题来裁决一个人的认识水平，是不是太过武断？但现代人能给对方的时间，恐怕也只有五分钟，要想用这五分钟发挥最大效用，这两个问题的设置也算合理。不过，根据我对男性的多年观察，如果一定要用最迅捷有效的方式来勘察一个人，最好的方法是谈谈李宇春，跟一个男人谈李宇春，得到的信息一定让你吃惊。

中国是一个政治化的国家，谈论政治是一种日常生活，人人都知道如何在谈论中做到政治正确，也懂得用自己的表态来伪饰和塑形，因此，试图通过谈论政治，去辨别一个人的性情和见识水平，往往是徒劳的。即便得到有效的信息，又能怎样？你又不会跟对方组建竞选小组。

反而是在谈论李宇春时，男性会最大限度地、毫无顾忌地袒露自己的教养和见识，尤其是自己对女性的看法，这点至关重要。

有教养的男性，即便不喜欢李宇春的形象和歌声，也会表示尊重，因为，李宇春怎么勾画自己的形象，是她的自由，喜欢她，也是她歌迷的自由。教养欠缺的男性，就做不到这点，他们的统一特征，是不尊重他人的自由，把自己当作万物的尺度。

许多次，只要听到李宇春的名字，前一秒钟还在忧国忧民，为毒奶粉、毒疫苗、拐卖儿童义愤填膺的他们，立刻卸下温文尔雅、正气凛然的包装，开始攻击她“不男不女”“她爸为了让她当冠军花了五百万”。有个网友说，她的相亲对象，听到她的手机铃声是李宇春的歌，明明知道她喜欢李宇春，还是马上口吐恶言。

这种时刻，一个男人最深层的女性观、婚恋观、价值观往往显露无遗。他们的女性形象模式，非常有限，他们对颠覆自己认知的人和事，缺乏认知弹性，他们对别人的喜好，也缺乏尊重和了解。

谈论政治时的伪饰，和谈论李宇春时的无所顾忌，之所以形成鲜明对照，还因为，女性在社会生活里，处于弱势，娱乐相对于政治，也处于不那么重要的位置，因此，面对一个身在娱乐业的女性，男性可以尽情地表达自己的轻视、不屑，因为他们不觉得这有什么不妥。

李宇春只是一个较为典型的例子。其实我想说的是，庄严的场合、宏大的话题、重要的人和事，是勘探不出一个人的真实素养的，反而是对待弱势人群、弱势事物的态度，比较能够反映一个人的内心，而这更重要，因为，和我们生活在一起的，不是一个政治家、企业家的一面，而是他作为人的一面。

电影《蓝色大门》里，有个动人的细节，张士豪和孟克柔去沙滩上散步，有个捡矿泉水瓶的老太太经过，张世豪赶紧喝完水瓶里的水，把空瓶递给了老太太，孟克柔赞许地望望他，又把目光挪开。这个细节里有两层意思，一是男孩的善良淳朴，二是女孩懂得欣赏他的善良淳朴。

所以，面对那些需要深入了解的男人女人，谈谈李宇春吧，或者谈谈那些不被人重视的人和事，看看他们如何对待一个捡矿泉水瓶的老人。当他呈现出人性之美，而你也捕捉到了那灵光一闪的美，契合才成为可能。

姑娘，不该是肥皂

我们的小朋友若男，正在和大叔交往。大叔四十三岁，离婚后单身很久，经济状况良好，相貌身材保持得不错，性格豪爽又细腻。看起来，似乎什么问题都没有，在这种有一定年龄差的交往中，通常会存在法律和道德上的问题，在他们中间，都不存在。何况，现在正流行“推倒大叔”，若男的选择，显得非常深邃。

但，还是感觉哪里不对。

不是因为大叔不跟若男共同生活，也不是因为大叔不跟若男谈婚论嫁，而是，若男在大叔生活中的地位非常奇怪。她被动地扮演着知心妹妹、心理医生、听忏悔的女牧师、会瑜伽的女灵修师等角色，按照若男的话来说，她是他生活里的空气净化器、净水机，以及肥皂，就像张楚有首歌唱的那样：“我可以回去用肥皂把手再洗干净，可我不能去找个姑娘来洗净头脑。姑娘不该是肥皂，姑娘不该是肥皂。”

这要从两人的性格、环境、社会地位说起。若男出身小康，性格单纯爽朗，身家清白，工作简单，社会关系明朗，偶然喜欢弄一点小神秘，比如时不时去趟尼泊尔、印度，听一点 New Age。大叔可不是这样，他出身大富之家，后来家道中落，早早走上社会，挣扎求生，经历复杂，社会关系如同蜘蛛网，拿的是日本“绿卡”，目前做着一份尚在灰色地带的营生，做得很大，已经可以不用太操心。

一个明朗，一个复杂，这也不是问题，问题在于大叔给若男设定的功用。他不和她共同生活，但两人的住处却又相距不远，他们天天见面，但见面的主要内容，就是听他滔滔不绝地倾诉、忏悔，他又做错了什么事，对什么人下手太狠，说完了，就要征求她的意见，让她“从自己的角度给点看法”，但千说万说，最后总会绕到“人在江湖不得不这样”上来。

为了让若男更加胜任这个角色，他甚至花费巨资，送若男去各种心理学培训班、灵修班。若男因此走遍了中亚的各种圣地，见到了各种大师。他也常常给她钱，让她去做公益，她的周末，多半用在去山区的路上。

似乎都很好，都没有问题，而她终于无法忍受了，她不想再扮演负面情绪回收站、心灵救赎者，不想和另一个人这么不远不近地相处，不想再充当他生活里的肥皂，替他清洗负罪感，扮演他生活里的sunshine。她要一份正常的亲密关系，因此她提出了分手。

社会日渐开放，双方年龄、身份、阅历不对称的恋情，已经越来越多，但身处这种恋情中的年轻姑娘们，常常会沦为大叔生活里的“肥皂”。“肥皂女郎”会有种种美妙的名称——红颜知己、秘密花园，但事实上，“肥皂女郎”们的实际功用，是让大叔们的生活轻盈一点，阳光一些，吸收他们吐出的负能量。

当然，未必只有大叔会这么做，许多年轻男士也是如此，他们不一定都像若男的大叔那样极端，不一定会有目的、有步骤地通过年轻姑娘的生命能量，来清洗自己的生命，但在许多地方、许多方式方法上，异常接近，他们并不和姑娘们培养真正的亲密关系，他们也不深刻介入彼此的生活，他们操控着两个人的关系，以便让姑娘们停在原地，担任“肥皂女郎”。

不要以为这种生活不需要付出代价，“肥皂女郎”最后都会让自己的生活变得沉重，毕竟，那些清洗出来的负能量，必然要有个去处，更大的损失，是让自己的生长次序被打乱，在本该明媚轻盈的年纪，提前进入沉沉暮色。

真爱不需要“投名状”

去大学开讲座，认识了女孩DT，她一直跟我保持联系，直到她毕业去南方工作。我们从聊电影、文学，渐渐拓展到聊生活。

有一天，她告诉我，正在和男友冷战。我问起原因，她沉默一下，换了一种尽可能平静的语气说：“他想用手机拍一些照片。”我瞬间明白了，立刻告诉她：“不拍，如果他为这个生气，就让他继续生气，如果为此分手，尽快。”

有太多前车之鉴。一个年轻女模特，她跟男友提出分手，男友把他们欢爱的照片散布在了网上。她不可能不知道留存那些照片意味着什么，即使男友侥幸很善良，不去主动散播，也有可能遭遇黑客，或者电脑及存储设备的丢失。留下那些照片，就是留存祸端。她却很有镜头感地望向镜头，露出笑容，听任摆布，大约是为了表示信任和忠诚，这些照片，分量非常沉重，重到像是一份“投名状”。

什么是“投名状”？

就是加入盗匪、山贼之前，为了向组织表示忠诚所缴纳的“投名状”，那虽然是一种生死契约，却不是口头允诺，也不是白纸黑字，而是一件天大的坏事，比如杀人，比如劫盗官银，犯下这件坏事，就等于将自己性命的控制权交给了组织，就等于证明了自己再无他心，也不能有他心——那件坏事足以让自己无处容身，只有一条道走到黑。《水浒传》第十一回，林冲雪夜上梁山，要求入伙，并声明自己已经犯有死罪，大可不必相疑，但王伦仍然要他下山去杀个人，提头来见，并以三日为限。可见，连从前的坏事都不能算数，必须是新鲜的、热腾腾的、有目的的坏事，才足以成为一个人和一个组织、一个人和另一个人之间的联系。

了解那些不雅视频和照片的事件始末后，我们都不难看出，那不是情到浓处的自娱自乐，也并不是为了给美好时光留下影像证据，那就是一份“投名状”。

几个不雅视频和照片事件中的女人，都是相貌身材出众的女人，靠名声吃饭，凭形象揾食，未来不可限量，男主人公却都是普通人，不论是为了安全感，还是为了控制女方身心，或者为了炫耀，甚或为了从女方的收益中分一杯羹，一份来自女方的质押都非常重要。所以，那些视频都体现出一种“投名状逻辑”：由男方发起拍摄，由男方拍摄和保存，而且，自始至终，他们都没有在影像里露面。

这是何等可怕的感情？！在相处的当时，就已经为将来分手准备了报复的工具，为反目成仇准备好了戕害对方的利器。这种算计，发生在梁山犹可原谅，发生在两人之间，简直是为了验证那句被断章取义的萨特名言：“他人即是地狱。”

那么，要不要拍照片？要，如果他的摄影水平，能比得上荒木经惟、筱山纪信。身体那么美，青春稍纵即逝，要拍，要认真地拍，好好保存。

有个女性朋友，在进入中年后，最后悔的事，就是没有在年轻的时候拍足够多的照片。她看到《宫泽理惠写真集》《少女馆》时，恨不能飞回过去，找个摄影师男友，就为给自己拍照。在青春失落之后，那的确是一份青春的证据，也是回顾往昔时的一份抚慰。

但绝不是在那些时刻，用那些粗糙的方式。因为，在制造影像越来越方便的时代，也有越来越多的影像劫难在出现。那些不雅影像事件，就是对所有人的提醒：不要无保护的性爱，不要拍欢爱影像……因为，没有任何一段感情，当得起提头来见式的忠诚。

那一场风花雪月的事

收到一封读者来信，信里所说的问题，非常有普遍性。写信的女士说，她的丈夫，是个不懂得生活情趣的人，不会买鲜花巧克力，更不愿去旅行，一旦她略有抱怨，丈夫就说，什么情人节圣诞节，都是商家用来骗人的，他们得省下钱来，花在该花的地方。结婚两年，他们只在蜜月旅行时，去过一次广西。情急之下，她曾把他关在卧室外，让他在沙发上睡了两天，他才答应五一出去旅行，但到了跟前，他又临时变卦了。

身边非常多这样的男士。他们是生存焦虑造就的，长久处在这种焦虑状态下，他们活得越来越粗糙，正在变成《欲望号街车》里的马龙·白兰度，粗暴地撕下布兰奇给赤裸的灯泡罩上的花纸灯罩，并嘲笑一切浪漫情怀，一切让生活沉潜起来的努力，凡是涉及情感的，一律被斥为矫情，凡是涉及美的，一律被斥为不实用，女人如果稍稍对生活做点精致的要求，就会被斥为虚荣。

不是说中国男人不懂得美。中国人曾经是那么热爱美，懂得美，热爱精致和浪漫生活啊！曾经那么体贴蕴藉，那么细致入微，席慕蓉曾经写过：春节将至的时候，街头贩卖水仙的小贩，也知道在水仙上缠上一圈红纸，青碧的叶子和红纸相配，说不出的典雅深重；画白颜色的花，要在花瓣深处用青绿颜色细细晕染，以衬托那白的凛冽干净；还有敦煌石窟，万卷诗书都在证明，我们曾经比这个星球上大多数的人，都更早懂得美，善于创造美。这些浪漫和精致的东西，多半是由男性艺术家创造出来的，而一转眼，这一切都已经变成了“那一场风花雪月的事”。

所以，面对一个不懂得浪漫，不懂得生活艺术的丈夫，着急上火、用关在卧室门外的方式进行惩罚，都有点操之过急，属于我们的生活背景，整个都是粗糙的，男人们所处的环境，所感受到的生活压力，都决定了他们并不追求生活质量，他们宁可忽视当下的生活，为的是安抚一种四处潜伏的不安全感。

有句话说“好女人是一所学校”，这样的丈夫，也并不是没有改造好的可能，只要女人们懂得策略，拥有耐心，愿意沟通，给他和自己一点时间。比如，远途的旅行，在他看来是耗费金钱和时间的不实惠行为，那么短途旅行呢？在城市附近的农家乐住一宿，在田野里做一次烧烤，或者在离家三五百千米的范围里，寻找一两处旅游景点，去住一两天，都是不需要花费太多时间和金钱的，想必他也不至于反对用这种实惠的方式，对生活进行调剂。在短途旅行中所感受的快乐、愉悦，也会唤起他对更远地方的向往，旅行中遇到的人，也会让他知道，还有别样的生活。也许，经过两次郊区远足，他也愿意去趟海南，去趟丽江。

当然，面对这种实在人，还有更好的说服办法，女人们大可以用更实在的方法认真地告诉他，以目前的通胀水平，把钱放起来，其实是最不划算的，在双方都还在赚钱的情况下，适度地把钱花掉，提高生活质量，让身心愉悦，也是抵御通胀的一种方式。更何况，很多旅游景点，因为环境恶化和过度开发，已经每况愈下，再加上旅游管理部门的短视，收费项目反而越来越多，早去一年，都是赚的。你大可以搜集一些资料，给他算笔经济账，也算算那些隐形的得失。

我们的整个大环境越来越粗糙，让人不得不在心底默默发问："那一场风花雪月的事，有没有机会重来一次？"改变这一切，得从最微小的地方做起，而女人们，毫无疑问，是这场微观改革的先锋队、打火机。

去爱吧，哪怕他是一座前情博物馆

小 A 在犹豫。

她正在和一位男士交往，这人什么都好，人品、相貌、身材、经济状况，都好，都对她胃口，而且见识广博，说话有趣，还对自然风物怀有真挚的热爱，在这个越来越贪图速度的时代，这样的人不多见了。但他也不是没有问题，他的问题是，对前妻念念不忘。

他本来是个穷小子，读研的时候遇到了后来成为他前妻的女人，他的生活从此发生巨大变化，在他口中，他的前妻几乎是完美的，出身世家，是《合肥四姐妹》里描绘的那种沉静丰润、风华四溢的女人。有她在一边映照，他不得不努力提升自己的内在外在，环境和资产，加上她的帮助，最终将他雕塑成现在的样子。后来，因为种种原因，他们分手，她去国离乡，在新西兰的小城隐居。

他非常细心体贴，而且是自然而然的，上下车替她开车门；去餐馆吃饭，先替她拉椅子；一起去商场，她试衣服，他很顺手地接过她的包；见面的时候，很自然地递过一把鲜花，而且绝对不是玫瑰——她觉得送玫瑰是最最刺目和形式主义的；发现她的脚上有小伤口，立刻去买了创可贴。她也见过一些男人，有海归，有名流，气壮山河，但就是感觉哪里不对，现在她知道了，他们的世界没细节，也没有别人。

问题就出在这里，他太好了，但这种好处处和他前妻有关，是他前妻调教、影响的结果。她看过他结婚之前的照片，和结婚之后判若两人，她也见过他的兄弟，和他的气质天差地别，显然，在改造他这件事上，他的前妻居功甚伟。前妻是他的皮革马利翁，塑造出了现在这个他。他自然对前妻念念难忘，常常提起前妻，家里保留着前妻的痕迹，还时常和前妻联系。她自问，自己这样一个资浅少女，怎么和这样一个完美的影子较劲？

达夫妮·杜穆里埃的那部浪漫奇情小说《蝴蝶梦》描述的就是这种感受。在那部小说里，身世简单的小女子，嫁给富人，进入一个富丽的大宅，却发现死去前妻的身影无处不在，有些是落在有形的地方，她的画像，她的衣服，她留下的女管家，更多的却是落在无形的地方，她留下的规矩，她营造的家庭气氛，以及人们对她的追念，她的存在令人窒息。女主人公用揭开前妻生活真相的方式，拂去了阴霾，确立了自己的尊严。

我曾将那些保留了太多前情前爱生活习惯的人，称作“老情人博物馆”，他们身上呈示的，是另一个人的特质，另一个人的气息，要开始新生活，似乎就得脱离这座博物馆。所以，有个叫伊恩·厄舍的澳大利亚男人，为了忘掉前妻，曾公开拍卖他们共同生活期间的一切物品，包括他们共同的朋友圈，随后，列出清单，在一百个星期里完成一百件事，作为新生活的开始。电影公司买下了他的故事，正打算拍电影。

不排除这是为了引人注目制造的噱头，但这种大喊大叫的声张，还是能够说明，生命交融之后的影响，有多强大，强大到要用一百周的磨砺来清空。每个人都是孤独星球，但碰撞之后，星球的质量、速度恐怕都会有变化，再难以原样回到原来的轨道。

但“前情博物馆”真有那么可怕吗？这得分开看。人们容易对那些经历过坏爱情的人产生同情，因为伤痛往往显得比幸福更真诚，但我的想法恰恰相反，经历过好爱情的人，可能更值得接纳。一个男人的成熟，不是到了年龄就自然发生的，一个男人的体贴细心，也不是凭空出现的，首先，他自己得是个有基本素养的人。其次，身边得有人对他进行培养、教育、提醒，而担起这个任务的，往往是他身边的女人们。一个好男人，往往是一个或者几个好女人成就的，包括他的母亲，他的老师，他的前女友或者妻子。是她们通力合作，把他带出了师，让他成为一个有耐心、有情感技术的男人。

有句话，流传了二十多年，至今也没有失效——“好女人是一所学校”（与之对应的，还有“好男人是一所学校”）。好女人好爱情如果是一所学校，那也是学校里的211、985，入学的筛选已经说明了学生的资质，学习能够显效，更是天时地利的功德，接收一个这样的学生，几乎是坐收渔翁之利，他对前情的念念不忘，甚至不能算瑕疵。

人的成长，靠各种材料滋养，但材料的质地有差别，有的粗糙单调如狗粮，有的细腻丰富像盛宴。在一切领域，不论是寻找合作伙伴，还是生活伴侣，咱们都得学会鉴别对方是靠什么养大的，对好材料滋养出的人，应该伸手欢迎，哪怕他是一座前情博物馆。

打怪兽，打不同的怪兽

去我们常去的茶馆，正巧碰上蓝蓝和她的前男友见面，只看到那个男人的背影，就有种不祥的预感，装作打招呼，过去瞄了一眼，果然，又一枚相似形邮票。

半年时间，在不同场合，总共见过蓝蓝的五个前男友，每次都有灵魂出窍的感觉：她从哪里找到这么多如此相似的男人？一样的国字脸，一样的浓眉，一样的发际线，一样带点南方口音的普通话，一样款式的夹克、衬衣、裤子、鞋，面前都摆着一壶普洱，也都很爱微笑，喜欢招呼别人，总是主动替别人倒茶。偶然聊到《旧制度与大革命》，其中一位表示，自己正在读这本书，有了这个发现后，我颤抖着问过其余几位，其中三位正在读或者已经读过，一位正打算读。在看电影、听音乐、旅行地选择方面，这几位先生也都表现出了惊人的相似度。和他们聊天的当时，一句话差点就破口而出：“您问过您妈妈吗？您家丢没丢过孩子？”事后，我们问蓝蓝，她到底想干什么？她是想凑足“七龙珠”呢，还是想凑够“十三块水晶头骨”？

现代社会，从一而终已经不大可能，每个人都要在好多人身边流转，主动或者被动，我们都得“过尽千帆”。出道十年，有七八段亲密关系，并不值得大惊小怪，但这七八个人，如果都长一个样子，拥有一样的习性，这就值得好好追究一番。

每个人心中，其实都有一个欲望的模板，这个模板，来自童年和少年时候的身边人，父亲、母亲、兄长、邻家小妹、邻家大哥，成为我们最早思慕的对象，他们的形象，奠定了这个模板的形象，我们会用这个模板，作为一个标准，去决定哪些人应该信任，哪些人值得亲近，这个模板使用得久了，就会形成惯性，从此，我们身边的人，尤其是亲密关系的对象，总会有点相似之处。

安倍夜郎的漫画《深夜食堂》里就有这么一位，一位失意的女孩，很怕冷，总是在冬天的晚上出现在那位大叔的深夜食堂里，而吸引她注意的，总是同样的男孩子，年轻、微胖、敦厚、圆润，穿得厚厚的，看起来很温暖。她每每看到这种男孩，就会难以自持。

但惯性往往会变成惰性。找到相似的人是有难度的，却也是最容易的，因为，这些相似的人，会去相似的场所、相似的论坛、相似的圈子，形成一个个群，在装束、行为、思维上相互模仿，只要摸准他们的脾气，不难在这些地方守株待兔，找到一个，也就等于找到了一群，凑足“七龙珠”的难度，简直大大降低。相似形们的存在，也减轻了每段感情结束后的伤痛程度，下一个相似形总会出现，让分手似乎从没存在过。

情感的进化，和这种惰性恰恰不相容，如果总是在同样的人中兜圈子，总是沉迷于同样的笑容、同样的习性，让一段感情复制上一段感情，那只会让生活成为“土拨鼠日”，每天都一样，陷入无休止的轮回之中。

我们既然已经无法避免过尽千帆，倒不如让一帆与一帆都不同，既然已经知道人生必须容纳许多段情感，倒不如让每段情感历程都有不同的风貌。有差异，才有进化，情感的进化、性的进化、自我的成长壮大，只有在这种差异之下，才能成为可能，否则，我们只会在相同的人身边，不停地犯同样的错误，视野所及的，也是同样的领地。

有人把情感历练比作打怪兽，越历练越强大，越历练越成熟，但游戏中的怪兽，往往是不一样的，一关有一关的怪兽，一个游戏有一个游戏的怪兽，一个游戏迷的强大，是建立在打不同的怪兽之上的。而在情感中的成长，也是如此，是要打怪兽，但切记切记，要打不同的怪兽。

别变成他的一丘之貉

有位女士（姑且叫她M）写来邮件，告诉我她所面对的困惑，她发现丈夫有外遇，于是怒不可遏地和第三者见面，却对那个女孩生出恻隐之心。

那个女孩非常年轻，生性软弱摇摆，又是孤身在大城市工作，面对这位男士的蜜语甜言以及威胁，把自己的防线一撤再撤，终于让自己陷入险境，为他几次堕胎，落下一身病，换来的好处是，让自己的爹妈和弟弟在城里有了工作，一家人可以生活在一起。

面对这样一个女孩，面对她的境遇，这位知书达理的女士，生出了同情心，更重要的是，她也厘清了事情的轮廓，分出了责任轻重。M抱着女孩痛哭一场，让女孩回去调理身体，好好生活，并保证不会让丈夫伤害女孩和她的家人。第二天，M却从丈夫那里，知道了女孩自杀的消息，尽管她被救了回来，但丈夫在善后过程中表现出的猥琐和自私，却让这位女士十分寒心，为了撇清责任，他想尽一切办法弄到女孩的遗书并销毁，还得意扬扬地告诉妻子："已经摆平了。"

物伤其类的情绪包裹了她，她向丈夫提出离婚，并打算找到那个女孩，帮她讨还公道。

娄烨拍过一部电影，名叫《浮城谜事》，这个电影是根据天涯论坛上的一个帖子改编的，故事主人公是中产家庭的妻子，偶然发现丈夫和年轻女孩有染，将全部怨恨集中在女孩身上，一路追查下去，却发现，威胁他们家庭的，不只有这一个女孩，小三之外，还有小四小五，她是没有办法彻底清剿的。

从 M 的丈夫和这个女孩交往的过程来看，他对勾引、说服、摆脱的流程非常熟悉，他在事发后的表现，也是久经磨炼后才有的无情。他的勾引家历史上，显然不只有这么一个女孩，只不过这一个恰巧被发现了而已。

M 在这件事上的表现，非常令人佩服。很多女人，和丈夫共同生活许久之后，往往失去独立人格和独立思考能力，看不清丈夫的品质，或者，即便能够看清，却还是心甘情愿地和丈夫一个鼻孔出气，沆瀣一气狼狈为奸，一旦丈夫作恶，也会忙不迭地帮助清理善后，并且把责任一股脑地推给别人，用这种方式来维护家庭利益共同体，向丈夫表示忠心，丝毫不去考虑这么做的后果。

M 没有这么做，尽管她也有愤怒，有不甘，却能认识到丈夫才是肇祸者，能够清晰地认识到，丈夫是中年人，女孩才二十五岁，两个人在人生经验、处事能力、社会资源上都是完全不对等的。是丈夫的欲望，启动了这一场灾祸，是丈夫的不节制，导致事情变得不可收拾，女孩是受害者，需要帮助。而 M 在女孩几乎身处绝境的时候，向她伸出了援手，宁肯付出让十年婚姻破裂的代价。

保持独立，自然是需要付出代价的。

就像 M，她为了独立，打破安逸的生活，还要面对即将到来的孤独，以及离异女士较难找到伴侣这个现实。这都是明确的利益损失。但，类似的事情，很可能继续发生。M 的丈夫在这个过程中呈现出的油滑、无情、无赖，也都在说明他的品质。在她还有决心、有能力离开的时候，离开是个正确的选择，他们绝非一路人，继续同行，继续让婚姻破绽百出地维持下去，只会让她越来越憎恶自己，所有这些，都是更大的隐性投入，她等于是较早止损了，这也是收益。

不过，一个男人，既然风流成性，在外面不断猎艳，恐怕早就做好了事情败露的准备，对共同生活期间的财产，恐怕也已经进行了转移，而女方在这方面未必是有准备的。所以，在他们彻底决裂之前，最先要做的，不是用某种方式来惩罚他，而是确定财产的去向，明晰财产分割，保护自己的利益，让自己在离婚后，依然能够身心舒泰地过下去。

家里总要有个男人

朋友 H 的丈夫，一向以性格散淡自居，每天的日程表，就是饮酒喝茶这几项，挂在嘴上的标语是“慢生活”，H 于是成了家里的顶梁柱。

他们结婚的时候，本来是有能力买房子的，但 H 的丈夫以愤世嫉俗的姿态阻止了 H 去看房子，认为还房贷有违慢生活原则。于是，五年过去，H 眼睁睁地看着当地一百平方米的房子涨了一倍多，物价也随之不断膨胀。H 不但做兼职，还设法在商场里租了个柜台卖化妆品，雇了两个小姑娘照看着，还要为孩子将来上好学校早早拉关系，逢年过节给小学校长送去半扇猪之类（她不幸被小学校长得知有个弟弟在肉联厂工作）。于是，她常常要雇着小货车拉着猪走过半个城市，穿着肉联厂的围裙将猪肉抬上四楼，神色之坚毅果敢，丝毫不输于张涵予扮演的硬汉。我们很是感叹，她幽幽地回答：“家里总要有个男人吧。”没有比这更绝望的讽刺了。

如何为丈夫定义？先不要说那些“男人如山”之类的大话，“丈夫”至少得是个和妻子一样，在能力上、责任心上平等的人，能够审时度势，能够用点心去维护家庭的外部环境，为此适当委屈自己，愿意收敛自己一部分的自由，为家庭的成长贡献力量，不要更多，哪怕只是一半的力量。

但根据我的观察，能够做到这些的“丈夫”，越来越少了。现在风行的一种看法就是，男人也是人，作为个体，在整个社会的生物链里也不过是个弱者，不应当承担太多的责任，优质生活的成本既已高涨到无论如何也追不上了，索性不要去追，是女人太爱提要求，太看重安全感，不懂得生活哲学，不肯做出体谅和让步。在网络界有名的几个博客上，常常可以看到这种观点，以及他们对女人的明嘲暗讽，他们相亲过程的博文，一律充满了对拜金女穷形恶相嘴脸的描绘，朋友的妻子，一概被他们塑造成限制丈夫的自由，离婚时狮子大开口的下作女人。

但，他们为什么不设法多赚点钱？赚钱有那么罪恶吗？为什么不去健健身？为什么晚上三点还流连在网络上？既要保留自己的自由，还要保留女人对自己的生活不提任何要求的自由，这样方便的事，哪里去找？在社会制度上找理由，以政治正确的姿态抨击一下房地产政策，都于事无补，世界已经是这样了，男人不肯负责，不肯为生活做点朴实的努力，那么，还能由谁来负责呢？一个家，也不过就两个成年人。

生物要不断进化，才能让自己的DNA传递下去；精子需要努力游泳、力争上游，才能得到和卵子结合的机会；公猴需要不断打架，斗败一个猴群里的许多猴子，在树洞里收藏足够多的板栗，才能赢得一只母猴的芳心。怎么到了人类社会，男人反而以文明的社会制度的理由而退化了呢？那只是给自己的孱弱找理由，给自己的不肯负责找理由，给不肯委屈自己找理由。对于这种人，打光棍是最好的下场，用流行的职场用语来说，就是“没有任何借口”。男女比例总之是失调的，匀出位置来让给较为优秀的DNA，符合物竞天择的基本原理。

所以我格外看重那些肯负责（哪怕只是属于自己的一半职责）的男人，哪怕效果不尽如人意，但好在尽心尽力。我有个朋友，在小公司工作，结婚前，微薄的薪水还能让他逍遥快活，结婚后，就另外兼职以便让一家三口过得舒心些，买不起大房子，就买了个小的二手房，房子虽小，一家人也算其乐融融，他不负丈夫之称。我家的电线出了问题，我按照小广告上电工的电话打了过去，接电话的男人紧张地说，他是兼职做电工的，得到下班后才能过来修理，不知我肯不肯等，我心甘情愿地等了他一个下午。后来，他骑着电动车来了，是个穿着西裤和白衬衣的男人，有稳定工作，只是用一技之长，赚点小钱贴补家用，这样的男人，也不负丈夫之名。

家里总要有个男人，一个肯负责的男人，才能不负男人的染色体和雄性特征，哪怕只是负起一半之责，哪怕他的妻子还得奔走在送猪肉的路上，因为，家里总要有个男人。不肯负责的男人，不是把妻子变成了那个男人，就是把位置让给了别的男人。

别把那头大象牵进家

一条长微博，正在引起热烈讨论：出身贫寒的男子，在北京工作，过着极度省俭的生活，为的是资助一对贫困山区的姐弟。他的妻子，一直被瞒着，并和他一起省吃俭用。后来因为买房，发现了丈夫钱财的去向，想离婚，经过思想斗争，已经试图原谅他，一趟山区行，却让她彻底崩溃，被资助的孩子用的是智能手机，而她却还在用学生时代用的蓝屏手机。有网友认为，那男人其实患有一种已经被命名的疾病，叫“病态利他主义”。

过度利他是病态，利己是不是会好一点？另一个用全部生命创业，最终导致家庭崩溃的男子，也曾成为讨论的焦点，人们一致认为，他刚毅、专注、有理想、有信仰，肯在事业上倾注生命，也一定会同样对待感情。有人甚至用张岱的那句话作为论据：“人无癖不可与交，以其无深情也；人无痴不可与交，以其无真气也。”

我却怀疑，这把一个人的职业品质和做爱人的品质混为一谈了，作为职业人士、殉道者，甚至同事、上级，他们都是完美的，但作为爱人、男友，甚至朋友，这类人却未必有那么可爱。不管利己还是利他，他们的缺陷是相同的：把一头大象牵进了家门。

我的朋友 W，二十世纪九十年代初南下海南，见证了海南的崛起，也见识过惊人的财富，但泡沫碎裂之后，他两手空空地回到了家乡，从此成为一个创业狂人，他不断地寻找大项目，不断地制造大动静，今天加盟了某个连锁店，明天筹资买地，最夸张的时候，甚至打算在西部某个沙漠小城开赌场，放言要把那里建设成为中国的拉斯维加斯。和他一样的创业狂人被他的辉煌蓝图打动，连他的亲人也全部被卷入，他的小舅子至今都摩拳擦掌，准备在他们的“拉斯维加斯”大显身手。

我的大学同学，辞掉高薪的工作，背井离乡赴京考研六载，全靠妻子供养；我那不成名就自杀的作家朋友，只留下寡妻和一堆文集；黄秋生主演的电影《老港正传》中的老左，为了所谓的理想和信念，让全家人在天台上一住就是几十年；北野武主演的电影《阿基里斯和龟》中的画家真知寿，沉迷在绘画之中，让全家生活在贫困和癫狂里。

他们的共同特征，其实不是专注，也不是执着于自己的理想和信仰，而是否定日常生活，将日常的幸福剔除出人生的信仰，全心全意地等待一个巨大的机运，期待将人生全部刷新。为此，他们把一个大象一样的庞然大物，引进了自己与家人的生活里，让家人与朋友暴露在风口浪尖，时刻被时代浪潮所左右。

但，这不是成功者的必备品质吗？在那些登上福布斯排行榜的富豪传记和访问里，上述做法几乎是必经之路，他们过家门不入，他们在办公室备有睡袋，在融资最困难的时候，他们变卖自己的房产，让妻子卖掉自己的首饰，甚至从娘家骗来巨款……只是，成为潘石屹、丁磊的可能性有多少？是否值得用全部的日常幸福押在这个大赌注上？

创业也好，参与公共事务也罢，都没有错，但底线只有一个，把工作和生活分开，保证家庭和家人的安全，维护日常生活，拒绝让那头大象入侵到家里。而在这种维护中，女人得扮演监督员的角色，时刻观察，看看“大象”是不是已经越位，逼近了自己的家门，并在关键时刻发出预警，态度坚决地进行拒绝。

知道自己魅力的男人

机场餐厅里，看见了有趣的一幕。因为大雾，航班延误，取餐的队伍排得老长，一个年轻男孩子突然径直走到吧台，向女服务生要一份套餐，那女孩礼貌地劝他去排队，他退回去，却没去排队，跟他的同伴——一个英俊的男孩子把双手一摊，只听后者自信满满地说："看我的！"随即到吧台要一份同样的饭，照旧被礼貌地拒绝，却还是不走，众目睽睽下，赖在吧台前，含着微笑晃着身子，深情地望向女服务生，一副风流债主的模样，电光火石间，周围所有的人，恐怕都明白了，他压根就不是去取餐的，他插队不是因为他时间紧张，他是为了印证自己的魅力，显示自己获得的特权。

人的魅力包含太多内容，相貌、素养、谈吐、行事为人的作风，都在其中，但多数时候，对来不及鉴赏他人内心的普通人而言，魅力只意味着相貌上的吸引力，相貌出色，就意味着"有魅力"。而在"有魅力"这个目录下，又可以分出"有魅力而自己不知道""有魅力而自己很知道""有魅力且自己知道但愿意忽略"等情形，"有魅力且自己知道"是其中最不可爱的一种，"有魅力且自己知道"的男人，更是有种古怪和不寻常。

我朋友孟是个演员，相貌就不必说，即便和日本或泰国的偶像明星相比，也毫不逊色，他属于很知道自己长得好的那种人。出去游玩，他的照片最多；跟女友相处，他得占上风；出去买东西，听说老板是女性，立刻主动请缨要直接跟老板申请折扣。大家也都乐于惯着他，因为他的相貌就是他的青冥剑，是他的特异功能，相貌给了他破坏规则的特权。

知道自己魅力的人，一旦发现了这点特权，往往会耗费许多精力在强化自己的魅力上。我还有个相貌体面的朋友，做着一份体面的工作，却莫名其妙地参加了一个播音员主持人培训班，原因是，“接电话的时候，声音不是好听多了吗”。自打他参加了培训班，每每给他打电话，听到他那种刻意浑厚的声音和处处小心的措辞，所感受到的那种古怪，不是身临其境，简直不能体会。与此类似的，还有男士健身房里，那些裸身照镜子半个小时以上的男人，他们那貌似阳刚的身体里，藏着一颗水仙自恋的心。

最危险的，是他们需要时刻得到肯定，时刻需要印证自己的魅力还在，时刻需要新的刺激、新的赞美……总之，有魅力而自己知道的男人，往往认真钻研、刻苦经营自己的魅力，世界慢慢就变小了，和刻苦钻研自己魅力的女人殊途同归，但结果更糟，因为当事人是男人。

男人要做的，是给人的魅力以更广阔的定义，从相貌身体的旋涡中挣脱出来，忽略自己的小小得意，去追求更广阔的权力，而不是那点古怪的、微小的特权。

楼兰式爱情

坐在我对面，L 连续用了“诡异”“匪夷所思”等词语，来形容她那突然消失的恋人。

她当然觉得诡异，她在朋友聚会上所认识的 D，在和她相处了整整一年后，在事先毫无征兆的情况下突然离开，从此音讯全无，电话停了，QQ 号不用了，经过艰难的搜寻，只差没有求助于私家侦探，她知道了他的下落，他没死，没失踪，也没遭到绑架，仅仅是被公司调往另一个地区，要在那个地方停留一年。她说的“诡异”和“匪夷所思”不是针对他的消失，而是因为她想不到有人可以这么决绝，这么无情，长久的相处培育不出牵连，面对离别也没有痛苦辗转，记忆随时可以清空，重新开始生活也不觉动荡。

L 是这样的人：在这个城市出生，在这个城市长大，人生轨迹脉络清晰，生活里处处都有牵连，不但中学时候在课堂上传递的纸条被她精心地保存在箱子里，就连幼儿园时代的同学都还有来往。D 则来自北方，在一间著名的培训机构做营销，在一个城市至多停留一两年，然后又会被派驻到下一个城市，不但手机号经常换，就连 QQ 号，都在十位数以上，尽管他的网络生涯已有十年。

两人的相处，却并不是情人模式，D对L呵护备至，甚至表示出了定居的愿望，两个人固定的周末消遣之一，就是到处看房子。尽管L不是轻易相信他人的人，但在这种长期的氤氲空气中，还是渐渐失去了防备，所以，在找不到答案的情况下，她只好将这一切用“诡异”来进行描述。

L遇到的，大概是一种情感的游牧民族。游牧民族天生不喜欢定在一个地方，但他们偶然有了定居的愿望，也会忙忙碌碌地建一个城市，建设的时候也投入，用砖用石，窗户和回廊上也有雕花，所建造的城市的文明程度甚至超过同时代的平均水平，可是放弃的时候也果断，说不要就不要了，城市一夜之间就成了空城，桌子上的玫瑰花都原样地插在瓶子里，炉灶里还烘着饼子，但就是人全没了。就像楼兰，或者古格，或者丝绸之路上那些成为千古之谜的城市。

关于这些城市，有过好多猜测，有的说是因为严重的沙漠化，或者因为来了土匪，遇到了战争、地震，甚或说是来了外星人，但多数时候，这些说法并没有佐证。真实的情况也许是，他们血液中游牧民族的因子突然爆发了，突然对这种定居的生活感到厌倦了，不想要他们的城市了，或者是怕在一个城市待久了变了性子，一下子就走得干干净净，没有牵挂，也毫无不舍。

D大概就是一个持有游牧民族感情方式的人，地理性质决定了他的热烈，动荡的生活却也决定了他的决绝。在与L相处的当时，他也愿意以近乎真实的方式投入感情，有近真的投入才能有近乎真实的享受，而他却也能做到说放就放，要收就收，一夜楼兰，连告别都不要。

所有的游牧民族式性格拥有者，都是不想在感情上扎根的人，所有的楼兰式爱情的后面，也都有一个不愿扎根的灵魂，他们视动荡为常态，把决绝当作生存必备技能，对于那些经常滋生出牵连的常人来说，他们的存在，确实是一种诡异的存在。

第四章

当初惊艳，只因世面见得少

爱是一次次滚石上山

每个人都会经历这种时刻，每个人也一定面对过朋友的这种时刻：在一段感情开始的时候，郑重地认为，这段感情将是情感的终点，这个人，将是情感世界里最大的麦穗。与之相伴的，是斩钉截铁的断定，豪言壮语的宣告，以及倾家荡产式的投入，不给自己回旋的余地。

他们心中，都有一种情意结：以为世界上存在一种一劳永逸的感情，一种一旦成就就再无变化的约定，以为这一次，自己将是对方世界里的最后一个，彼此互为对方情感生活的终点，自己的生命也将进入一个全新的世界。对这种情意结，我们姑且命名为“山鲁佐德情意结”——《一千零一夜》中的山鲁佐德，认为自己将是国王的最后一个妻子。

这是种善良的愿望，对对方，也对自己，在一段感情开始的时候，我们其实都抱的是从此安心是吾乡的心，迎来的，却是一条辛苦月色路。必须到了一定年龄才知道，《爱情转移》里唱的才是真谛，人一辈子，得“徘徊过许多橱窗，住过许多旅馆，流浪过许多双人床，换过许多次信仰”，才能“让戒指义无反顾地交换”，在这个过程里，得一次次“把一个人的温暖，转移到另一个的胸膛”，得一次次接受“感情需要人接班”的现实，最终明白“想开往地老天荒，需要多勇敢”。

想起希腊神话里，西西弗斯（Sisyphus）的故事。他是科林斯的国王，因为招惹宙斯，必须无休止地、重复地推石上山，在诸神看来，这种无效无望的劳动，是最严厉的惩罚。

这是一个关于人的处境的寓言，人生没有一劳永逸，必须不断重新开始，而重新开始的，还是同一件事。事业、感情莫不如此，以为已经完成任务，可以喘一口气了，却没想到，还得再次滚石上山。这是人类普遍的命运，细想起来，不无恐怖之处，因此，反复被影人用恐怖片来演绎，《恐怖游轮》《黑暗乡村》《公路列车》等，讲的都是类似的故事。

不能都归罪于对方。情感，之所以也是一个西西弗斯式无限循环的滚石事件，有时候是因为世事多变，有时候因为自己也不可靠，更因为，人生太长，时间太多，在终老之前，时间的荒野，需要无数事件来填满，欲望的无休止，情感的起与伏，绘制出的，都是去向不明的线，不到最后，不能算见分晓。

加缪在他那部著名的《西西弗斯神话》里说过，西西弗斯是个荒谬的英雄，却也是一个充满激情的英雄，滚石上山这看似无效的劳动，“这是为了对大地的无限热爱必须付出的代价”，他因此是充实的，而且是幸福的，“西西弗斯无声的全部快乐就在于，他的命运是属于他的……他爬上山顶所要进行的斗争本身就足以使一个人心里感到充实”。

一次被我们视为全部未来的情感走向了终点，像一块被我们倾尽全力滚上山的巨石回到了原点，我们意识到了自己的荒谬，却也将在短暂休整后重返滚石的现场，因为，这种荒谬的劳动，是我们对生命的热爱必须付出的代价。每一次滚石上山，并非全无功效，它留下了记忆，也将时间填满，我们因此是充实的，甚至是幸福的，在滚石上山的路途中，我们属于我们自己。

每一次爱情都只是爱情的子集

我读过一本令人费解的小说，这本小说名叫《圣路易斯雷大桥》（*The Bridge of San Luis Rey*），作者是美国著名作家桑顿·怀尔德。

故事的引子是1714年7月20日，发生在秘鲁的圣路易斯雷的大桥断裂事故。大桥断裂时，有五个旅行者正在桥上行走，他们和断桥一起坠入深谷，并失去生命。目击灾难的朱尼帕修士对这件事产生极大疑惑：为什么是这五个人？他们为何会在那个时间走上这座桥？他用了六年时间，调查这五个人的生平，了解到了他们的故事，也发现了他们之间千丝万缕的联系。

小说的结尾，作者写下了这样一个段落："很快我们就会死去，所有关于这五个人的记忆，都会随风逝去。我们会被短暂地爱着，然后再被遗忘。但是有这份爱就已足够，所有爱的冲动，都会回到产生这些冲动的爱里，甚至对于爱来说，记忆也并非不可或缺。在生者的国度与死者的国度之间，有一座桥，而那桥就是爱。它是唯一的幸存之物，它是唯一的意义。"小说被改编成电影之后，这个段落再次出现，2001年9月11日，世贸大厦被撞毁当天，英国首相托尼·布莱尔在为英国罹难者举行的追思会上朗读的，也是这个结尾。

显然，这段话极为重要。但这个小说的玄奥费解之处就在这里，一个大桥断裂事故，五个人的生平故事之后，作者为什么会给出这样的句子？“那桥就是爱。它是唯一的幸存之物，它是唯一的意义。”

或许，这里的爱不是爱情，而是指向更为广博的生活，是生活的不断延续，是生活下去的各种动力，是生命的痕迹，也是生命的坟地，是人在生活中必经的一切感情、一切事务的总和。是这种爱，让人必须在某时某刻，走上一座断裂的桥。人们不可能预知桥会断裂，也不可能因为桥有断裂的可能就不去走上某座桥，因为，总有某种动力在推动你，让你在某时某刻做出决定，和某些人相遇，共同走上某座桥。

这种生活动力，可能是情欲，可能是对财富和生命的渴求，也可能是各种动力的联动，也有可能仅仅是时间，你不可能停留在生命里的某个时间中，而什么都不去做，只要你稍有动作，就通向了那座桥，那场生活。这种动力促成了短暂的幸福，也促成了永恒的灾难，但没有人会为此止步，人们仍然前赴后继，去行动，去爱。在这个被爱推动着的行进队伍里，每个人都带着各自的人生，每一个人生都不圆满，每一个人生都是“人生”的子集，汇聚在一起，才成为人生。

而如果我们把爱缩小到爱情，会发现，爱情也是一样，每一次爱情都不完满，每一次爱情都只是“爱情”的子集。神话和传说描绘的，小说和电影表现的，是那个作为总集的“爱情”，而我们能够经历的，却往往只是一次爱情，有这次爱情的独特味道，这次爱情与生俱来的缺陷，以及这次爱情的前因后果。一次爱情，不可能是全部爱情，就像一次人生不是全部人生。但你仍然不能不去爱，就像不能不在某个命定的时刻，走上那座也许会断裂的桥。

一个生命终究会烟消云散，但爱，或者说，爱情，总在那里，它是唯一的幸存之物，它是唯一的意义。

爱就是一种积极的生活

看了许多法国电影之后，产生一个疑问，他们的电影里，为什么要有那么多的爱？那个爱，是我们平时所说的那种爱吗？

以法国女歌手伊迪斯·皮亚芙生平故事为主线的电影《玫瑰人生》里，记者向坐在海滩上的皮亚芙发问："您对少女们有什么建议吗？""爱。""您对青年们有什么建议吗？""爱。""您对孩子们有什么建议吗？""爱。"

而在《巴黎故事》里，男主人公皮埃尔怀疑自己再也不能做爱了，他的姐姐爱丽丝立刻假装做社会调查，去他暗恋的女孩子那里，为他打探虚实，甚至打算穿针引线；教授罗兰一边以形而上的方式思考美貌为何物，一边不顾高龄给自己的女学生发去情色短信；菜贩毫不掩饰他被爱丽丝的美丽吸引，递上蔬菜的时候，也不忘记说："它能使你脸色红润。"

还有《巴黎，我爱你》《巴黎小情歌》《只要在一起》《我一直深爱着你》……在法国电影里，爱是头等大事，是第一要务，是判断一件事可为和不可为的第一标准，生活里的缝隙、窟窿，全都被这种散淡的爱意填满，干裂的领地，也被这种爱意浸润。电影里的男人女人们，不断地告诉自己和别人，要爱，要示爱，要落实爱。

他们为什么要用爱去解释一切，解决一切？爱对他们来说，到底意味着什么？

后来读到法国哲学家阿兰·巴迪欧的书《爱的多重奏》，这是他在71岁时的一次访谈的文字稿。此时的他，清澈洞明，对这种“爱文化”有了深刻的理解和深刻的阐述。他所论述的爱，是爱情，但又不仅仅是爱情。人本来是单个的，以单数形式存在，而爱情，却让人从“一”变“两”，在这个过程里，人得打破自己身上的封闭，试着通过另一个人的角度去看世界。

在他看来，爱不是一下就能完成的，得靠忠诚去维护，得不停地宣示爱意，“尽管在一开始就已经宣布，爱仍然需要不断地被重新宣布”。而这，显然需要巨大的行动力，需要不断激发自己身上的热情和能量，所以，他所谓的爱，或许不只是爱情，也不是所谓博爱，而是一种更朴实的态度：积极生活。去爱，去行动，去寄托，去反省，去剔除焦虑，去解决不安，去获得自由，去认识命运，去抵抗死亡，去积极生活。

我的朋友柏邦妮，是我心目中的“爱”之楷模。她做着一份暗无天日的工作——编剧，但这并没让她的生活随之暗淡，她活得轰轰烈烈。她成功减肥，我身边的女性朋友，只要听说我认识她，第一个问题就是，她的减肥秘诀是什么；她在北京这样一个生活不易的地方，给自己置办了一个家；她找到了自己爱的人，认真探讨相处之道；她在家里做私房菜，网友报名即可参加；她头天还在开会，第二天却像神行太保一般，出现在丽江或者坝上。

邦妮，以及别的朋友，让我明白，装扮自己，是爱；维护自己的健康，是爱；经济独立，让自己过得舒服一点，是爱；尊重自己物质和情感上的欲望，是爱；去山清水秀的地方远足，是爱；种植花草，是爱；

接听朋友的倾诉电话，是爱；在微博上围观不公不义的事件，是爱。当然，爱情，也是爱，克服爱情中的障碍，弥补自己的缺陷，也是爱。

爱，就是一种积极的生活，积极生活，就是爱。

不要让他知道你的家

许多次朋友聚会，谈起彼此认识的方式，最后发现，大家原来都是网友，通过QQ、博客、微博，以及后来的微信、脉脉认识，慢慢发展成朋友。旧的世界和旧的社交方式一起成了往事，现在的主流，是陌生人的关系。陌生人之间的关系，有诱惑，也有危险，有时乏味，有时也有惊喜，有时像在垃圾里找钻石，有时像刀尖舔蜜，火中取栗，但有一条底线始终存在——保护好自己。

听来的故事。朋友小A与脉脉认识的朋友见面，起初一切还好，头像是他本人，谈吐也风趣，他们见面那天又是正月初八，见面的酒吧里一片狂欢气氛，出门的时候，外面一片银白——刚刚下过大雪，碰巧有人放烟花，所有这些都蛊惑了她。他一表示要送她回家，她立刻就答应了，在楼下，他说，要看着她上楼，看着她房间的灯亮起来……三天后，她在朋友家接到妈妈的电话，有个年轻小伙子，坐在一楼的大厅里，等她回来。互相留了电话啊，为什么要以这种方式出现？后来一段时间，他总是神秘地出现在小区附近，小A开始感到不安了，当然，最后的结果还好，因为小A的父亲是资深警察。

可以和陌生人来往，但不要让他知道你的家。陌生人的关系需要考验期，哪怕第一面的印象极佳，双方都有继续发展的愿望，也还是需要时间来验证，最后的结果，很可能和第一面的印象完全相反。所以，不管是长期关系还是短期关系，在一段时间里，务必对自己的信息有所保留，这样，一旦发现对方无法通过考验，自己还可以全身而退。而所有信息里，住处是最应该保留的底线。电话号码可以换，QQ 号、微信号都可以重新申请，甚至工作都可以变动，唯独家不能随便换，哪怕住处是租来的，搬家也不是易事，从结束上段租期到签订下一处合适的房子，有时需要漫长的时间。

可以对一个人打开心门，打开身体，但不要轻易打开家门。

当然，所有的熟人都是陌生人变来的，如果每次见面不只是看电影、去咖啡馆，那么，见面五次之后，基本会摸清一个人的性格和为人素养，多多少少会认识到对方的朋友同事，已经可以决定要不要继续交往。但为了保险起见，我们还得把考验周期上调，把这个基准的见面次数定为九次，见面至少九次之后，才可以把一个陌生人彻底带进你的朋友圈，或者让他知道你的家，这个法则，我们姑且命名为“九面法则”。为什么得是“九”呢？其实这是个无意义的数字，也没有科学依据，我们只是需要一个明确的准则，一个数字的红线，来控制和约束自己。

也许，有人还轮不到见第九面，已经让人觉得索然无味，那好，这段关系大可无疾而终，闪身走人，没有留下隐患；也许，还没见到第九面，自己已经有了强烈的冲动，想和对方分享自己的生活；也许，见面没几次，对方已经有了抱怨，认为你过于封闭，紧要关头，想想“九次见面”这个底线。

如果身体之门、心灵之门、家门，需要有一个打开的顺序，123，或者 213，都没有问题，但不论何时，家门都得是最后打开的那个。

枕边的陌生人

这是一次茶杯里的风波。朋友发现自己女友曾经有过另一个名字，而自己一无所知，于是在微博上呼天抢地，女友立刻做出解释，她高考前的一段时间，母亲突然迷上风水测字星座血型，全然不顾它们是不是兼容，最后得出结论，她原来的名字非常凶险，需要另起炉灶，于是她有了一个新名字，趁着年龄还小履历简单，从户口到证件，全部改换。之所以穿帮，是因为五岁生日纪念照背面，写的是另一个名字。朋友稍加核实，果然如此，风波于是平息。

但若在森村诚一、宫部美雪或者东野圭吾的笔下，这可能就是一个惊悚故事的开头：一个男人或者女人在身世来历上露出了微小的瑕疵，顺着这个线头，揪出了一个让人头皮发麻的故事，《人性的证明》《火车》《白夜行》，都是如此。一个人用尽一切方法，抹去从前的身份，建立新的身份，但过去的人和事总是阴魂不散，找上门来制造障碍，杀戮、逃亡由此展开，原谅、救赎，也都由此开始。

八九十年代的日本，推理小说领域，充斥着这类故事。原因也显而易见，那个年代，日本经济崛起，人们面临许多机遇、许多可能，麻雀变凤凰的奇迹总在发生。但人又总是这样，在一个层面上，只能过那个层面的生活，不可能预知将来会走到哪一步，也不可能为那个不可测的将来有所节制，有所收敛，就像打着手电筒照亮，光亮至多也就五米见方，只能在这个范围里做点打算，于是给将来埋下无数隐患，终于有一天，过去和未来相撞，矛盾由此激发。

同样的阶段，在我们这里来得比较晚，90年代之后，经济崛起引起的人际动荡，开始显露结果，不论朋友、伴侣、事业伙伴，来源都变得复杂，青梅竹马的关系越来越少，五湖四海的关系越来越多，辨识难度日渐增加，你不知道交往对象来自哪里，有怎样的过去，不知道对方的过去是否会在未来哪天引爆，激起灾难性的后果，不管是在酒桌上，还是在枕头边，我们都是在陌生人中培育信任，互相依赖。

歌手谢雨欣的经历非常有代表性，她和潘顺宝从1996年开始交往并发展成伴侣，历时十年，直到2006年，她才知道，他在20年前犯下诈骗罪，趁着去医院看病逃跑，从此走上逃亡路，却也在这20年里成为成功的商人，直到他因为另一件经济案翻船，他的过去，他被隐藏的生活，才一点点显影。他很低调，曝光率极低，即便是在自己投资的电影电视上，也只潦草地署名“阿宝”。幸运的是，他的过往并没有更黑暗，没有暴力和杀戮，他也始终很照顾她。事发后，谢雨欣对此事发表的言论，也措辞得当，敦厚得体，这两个人，都不是坏人。两个陌生人能达到这种良善互待的境地，到底难能可贵，但不是所有人都会这样幸运。

所以，《画皮》系列电影，引起极大共鸣的，除了“小三”和“皮相和心相”议题外，就是“枕边的陌生人”这个议题了。故事放在了古代，话题却极具现代性，尤其是“枕边的陌生人”，更是现代人新增的恐惧，征婚征来的，微博和QQ认识的，微信和脉脉刷出来的，到底是什么人？是妖魔鬼怪，还是神仙精灵？

这是此刻正在蔓延的新恐惧，午夜醒来，身边的人，是否会变身？一颗心，是交给知根知底的人，还是陌生人？

你无法唤醒一个装睡的福尔摩斯

朋友告诉我一件匪夷所思的事：他有个女性朋友，三十多岁结婚，结婚四年，仍是处女，丈夫从没主动提出过性要求，后来甚至打算通过人工受孕的方式要个孩子。朋友问她，这位丈夫是 gay？无性恋？抑或性功能有问题？她摇摇头，表示弄不清楚。她那种懵懂糊涂的样子，比四年无性婚姻，还让我的朋友震惊。

曾在股评家的微博上看到一段话，大意是，很多人为了买一件衣服，都会做大量的功课，但他们往往会在不做任何功课的情况下，斥巨资买入一只股票。这话同样适用于婚姻，很多人嫁或者娶的，都是自己没有做过任何功课的对象，例如这位度过四年无性婚姻生活的女士。

做功课有没有必要？有。对一个即将与之共同生活的人，要做比衣服和股票更多的功课。功课该怎么做？现代社会，许多人的隐私，都暴露在网络上，只要稍微用点心思，就不难搞清楚一个人的前世今生。

朋友有了一个交往对象，觉得可以深入发展，她用了两三个月时间来做功课。先看微博，3000 条微博，一条条打开看，通过梳理微博，以及回复和转发，基本上弄清楚了他过去五年的人际状况，以及大部分时间的行动。接下来，搜索他的手机号码、网络常用名、信箱前缀、QQ 号，找到了他另外的 QQ 号、不常用网名、以前的手机号码，以及另外三个信箱。所有这些信息，已经足够找到他在天涯、豆瓣、知乎、百度的账号，以及他废弃的几个微博、开心网账号、人人网账号，还有游戏论坛、电器论坛、交友网站、医疗网站的帖子。

已经够了。只要你脑子足够好使，这些碎片已经可以拼凑起一个人的性格、身心状况和生活轨迹了。他交往过的女友有三个，她们的回复都还在他的微博里，顺着回复，可以看到她们的照片，再勤奋一点，可以看到他在她们微博下的回复，他们的争吵，他们分手的原因。在手机网站上，他发过帖，询问过手机程序升级的问题；在购物论坛，他询问过化妆品的细节，那是情人节前一周；在天涯上，他连载过初恋故事，不过半途而废；在知乎上，他回复过几个与专业有关的问题；在交友网站上，他的征友条件是，可以接受轻度的 SM。还好，这一切信息堆积出来的他，性格纯良，生活简单，没有不良嗜好，不是 gay。

这是在不侵犯隐私，也不使用非常手段的情况下。另一个朋友比较猛，猜出了自己男友的百度云密码，里面有 1000G 的内容，他过去四年的手机照片、视频，他存放的各种视频和电影，他的通讯录，他的手机短信和通话记录，银行通知，应有尽有。把这些内容和微博微信上的内容对照分析，她甚至猜出了他和前女友开房的日期和房号，还有他用来标记自己愉悦的方式，在开房后第二天，他会在微博上转发一首 *You're Beautiful*。

这已经是侵犯隐私了，但在不侵犯隐私的前提下，可以做的功课，依然有很多，网络搜索一下，和他的朋友父母多聊聊，能够获取的信息，已经足够了解一个人。

为什么要做这些功课？为了不中骗婚 les 和 gay 的招，为了避开家暴狂魔、恋母恋父狂魔、性瘾患者（社交网络时代，性瘾患者多到超乎你想象）、赌徒、酒鬼、大型游戏爱好者，也为了避开隐瞒疾病的对象，总之，要绕开有各种不利于婚姻的嗜好和身心问题的人。婚姻比衣服大，比全仓买一只股票更严重，必须要做这些功课，必须要在这件大事面前，激发出自己的福尔摩斯潜能，动用一切生活知识储备，逻辑、归纳、演绎，必要时，还可以找场外指导。

大部分人不愿意做这个功课，因为懒，因为笨，更多因为不愿面对，一个结婚四年仍是处女，准备接受丈夫提出的人工受孕计划的女人，其实是因为不愿面对吧。对她来说，忍受一桩可疑的婚姻，要比忍受大龄未婚要容易，两相比较，她自愿选择了不肯知情。

你无法叫醒一个装睡的人，更无法叫醒一个装睡的福尔摩斯。在破案条件如此便利的今天，仍然懵懂混沌的人，不是没有破案的能力，而是没有面对真相的能力。

双面胶不易做

是时候了，时间到了，你和他接触了一段时间，可以带他见见亲人，或者朋友了。

都不容易。《拜见岳父大人》的系列电影之所以拍了又拍，男女老少人仰马翻，就是因为其中的难度：你要把双方黏合在一起，让他们实现顺利会师，你要把一个陌生人带入自己的朋友圈，让他检验自己的生活，也检验他。有的女性把男友（或者女友）带进自己的人际圈子，结果接触不良，反过来，也影响了他们的相处——你不可能和一个不能在圈子里露面的人长期交往。有的女性把男友带进自己的圈子，一切顺利，反而加固两人感情——人际圈子像一张网，网住了他们，让他们在冲动的关头想想后果。

我有一位女性朋友，开朗温柔，端庄大气，尤其乐于助人，一群陌生人，因为她的撮合成了朋友，彼此受益颇多，谈起她，大家不约而同用“如沐春风”来形容和她在一起的感受。但我们也随即发现，她是不可模仿的，“如沐春风”是天赋与磨炼、智商与情商、硬件与气场联合作用的结果，生硬地模仿她，如同东施效颦。例如，我们怀着回报社会的心，学习她那样，把形单影只的朋友带进自己的社交圈（工作上的或者私生活的），给予无私帮助，结果多半不妙。《俊友》里的弗雷斯蒂埃夫人、德·马莱尔夫人，把杜洛瓦引进自己的社交圈，本想引郎入室，结果却引狼入室，我们虽然没有这么被动，却也招惹出许多是非。

一切与人有关的操作，都是高难度动作，有的女性看似轻易地带人入圈，却没有后患，是因为她提前做足了功课，一句轻盈的“我带你去跟朋友聚会”后面，有千斤重的经验值。

功课之一：时机到了吗？

朋友 A，与男友相处不久，还在天雷勾动地火的阶段，就把他带进自己的圈子，人前狂秀恩爱，两个月后他们分手，她的难题出现了，她该怎么向大家交代？而且，为拉长时间间隔，她不得不把现任男友出现的时机一再推后。

有的好感发生得猛烈，却经不起时间考量，有的男人只适合短期交往，没有继续深入的可能，贸然将这种对象带进圈子，留下的印象只会是“她怎么如此滥情？”

功课之二：他和圈子的融合度怎么样？

朋友 B，在年初带了男友参加朋友聚会，当时正逢韩寒事件成为最轰动的话题，不可能避而不谈，而这位愣头青，在韩寒事件上，有非常偏激的认识，起初的羞涩，很快无影无踪，惊人之论接二连三，整场聚会不欢而散。

一群人之所以构成圈子，常常是因为相近，或者是价值观和趣味的相近，或者是利益诉求的相近，甚至有科学家发现，人们跟和自己相貌相近的人更容易亲近。总之，相近是相亲的前提，哪怕观点相反，教养也要相近，差异太大的人，被贸然地带进来，结果只会是很快被筛选出去，甚至还会影响带路人的 RP 值。

功课之三：他的公私定位。

朋友 C，把男友带进了自己的工作关系圈——一个环保工作圈，希望他们给他机会，共同合作，结果这位先生状况百出，最绝的是，他竟然不认识“二氧化硫”的化学式，这让一个专业会议爆发出不该有的笑声，使得 C 也尴尬不已。

圈子要分公私，带人进圈子之前，也要给他一个公私定位，为公？为私？如果为公，他有没有相应的资质？人脉不只意味着利益共享，也是视野的共享，但不管哪种共享，都要有一个起点，当事人要有相当的资质，才能经得起这种共享。

功课之四：他的人品是否经过了检验。

朋友 D 把她的柏拉图男友带进了朋友圈，温柔地拍拍朋友们的肩：“好好照顾他哦。”半年后，有朋友听信了他“需要启动资金”的借口，“好好照顾”了他，借给他一笔钱款，他却迅速消失。朋友 E 把风流倜傥男引进私密聚会，让他产生了误会，之后三天，至少有三位女性朋友接到了他醉酒后的电话及暧昧短信。朋友 F 帮一个作者介绍了若干编辑，随后她听说，这个人在背后说她“写得烂透了”。

“这是我的朋友”绝非轻易出口的词句，要在百年前的江浙，那个做生意全凭口头约定的时代，这句话的潜台词几乎就是“我是他的担保人”，意味着自己已经负有连带责任，肯去收拾他丢下的烂摊子。烂摊子有许多种，有的是因为努力没有显效，有的是因为时运不济，这都可以理解，而最龌龊的，大概就是人品的烂摊子。带男友进入朋友圈，而大家也肯接受他，等于所有人在说“我们相信你，所以相信他”，他的第一次信誉充值，其实是你从自己的信誉度上转充的，至少在相当长的一段时间里，你得替他负责。何况，即便不求回报，也要不给自己添堵。

双面胶其实不易做，练习“如沐春风”的轻功，得从负重开始，“这是我的朋友”这句话出口前，先要做足人性的功课。

大大方方爱上爱的表象

玫瑰、情话、情书、星光下漫步、弯下腰帮忙系鞋带……这些恋爱中的桥段，对许多人来说，是幸福感的来源；对有些人来说，却是不安全感的来源。

例如小Z。她的不安全感是家族性的，父母都是教授，正己先于正人，一日三省都唯恐不够，一日至少三十省。别人称赞他们的学术成就，虽然他们当时露出了喜色，但晚上都会在灯下自责，认为自己过于轻浮，并认真分析别人的称赞里哪些是实，哪些是虚，水分有多少。小Z在这种环境下长大，尽管她的严肃已经远远逊色于她的父母亲了，比起普通人，还是高出若干百分点。男友的感情表达，一律得到她的追问和分析，玫瑰？不要！甜言蜜语？不要。她甚至再三强调，不要这些浮夸的、表面的东西，她要看到的，是感情的真实质地，对，真实质地！

要爱，不要爱的表象。

小Z是特例，但这种对爱的表象的怀疑，许多人都有。孟庭苇有首歌叫《真的还是假的》，唱的就是这种质疑：“我听说开始总是真的，后来会慢慢变成假的。充满温柔的眼神啊，是用来开心不是用来伤心的。我听说轻吻总是真的，但耳边细语常是假的，装饰爱情的诺言啊，是随口哼哼打发寂寞的歌。”既是表象，就有可能由浓烈变成稀薄，从目不转睛变成漫不经心，所以，面对这种表象，虽觉甜蜜，却也惊心，虽然接受，却也反复追问，不知对方为什么，图什么，又能持续多久。

大导演贝纳尔多·贝托鲁奇有句名言：“没有爱，只有对爱的证明。”这句话态度微妙，语义复杂，可以当作嘲谑、讥讽，甚至可以读出悲凉，但也可以当作正视、肯定。爱是什么？爱是不间断的，对爱的证明，是持续的证明，让“爱”这个虚无的概念，变得实在。

尤其在爱情初起的时候，双方都在磨合，都在揣测对方的性格、心境，以及对人和事的反应，努力镶嵌进对方的生活，因此更多小心翼翼，更多模仿，模仿爱情电影和爱情小说中那些表情达意的方式，用这些公认的桥段，来进行对爱的证明。此时的爱，更多是爱的表象，往往公式化，往往表演性质浓厚，总带着似真还假的嫌疑。但这感情若能持续，总会慢慢接近真实，双方都会慢慢找到最好的相处方式，开始松弛下来，不急于寻找证据，不急于证明，用属于自己的独家方式来相处，感情才慢慢呈现出真实的质地。

所以，不要小瞧爱的表象，不要沉浸在这种表象背后隐藏着什么，又能持续多久的焦虑中，只要它能持续，就能找到自己最妥帖的表达，不再公式化，也不再像表演。要给爱情以时间，要给爱情一个由假及真的过程。

亦舒喜欢孩子，她的小说里，总会出现一种桥段：在一个破败的穷人家里，在一个嘈杂的时刻，在主人公情绪低落的时候，总有个学走路的孩子摇摇晃晃走过来，亦舒的主人公，总会一把抱住这孩子，享得片刻福。因为，不管是谁家的孩子，总会长大，不再需要拥抱，要趁着能抱的时候，一把抱住。

爱情表象最浓烈的时候，其实也是最真挚的时候，尽管这种真挚往往得不到妥善的表达，就像一个不知所措的、摇摇晃晃走过来的小孩，面对这个孩子，咱得像亦舒小说主人公一样，走上前去，一把抱住，大大方方，爱上爱的表象。

战士都在寻找战士

曾有人创办了一个“恋爱速成培训班”，以魔鬼训练的方式培训学员，以便让她们更快嫁出去，学费高昂，却依然门庭若市，连他们的配套教材也成为畅销书。培训班和他们的教材反复提出的成果之一，是许多长期待嫁的白领女性，在加入他们的培训班后，“经过短短的 70 天培训，无一例外，每个人都找到了恋人”。

姑且不论这种把出嫁定为人生终极目标的态度是否值得倡导，就是培训班的因果逻辑，也有点问题。其实，在大城市站稳了脚跟，有像样的工作与收入，有闲心有自由掌控的时间（不会因为这 70 天而担心失业或者家中半身不遂的老人无人照顾），不抗拒新事物（比如参加一个婚恋培训班），能够拿出数万元去参加培训班的女性，本身条件就不会太差吧，至少，作为组建经济共同体的对象来考虑，也是不错的选择。

培训班的学费和培训时间就是门槛，这个门槛是一道筛选的程序，能够拿出这么些钱和时间参加培训班，一显示了其决心，二显示了其实力，实力加决心，完成婚姻大事是水到渠成的事，不过以前没有提上议事日程，而现在郑重其事当作大事来办了而已。

归根到底，培训班显示的还是一个不容回避的现实：外貌、财富、素养、家境等方面的相配，仍然是人们外在的认同标准，是所谓的门当户对。当然，在它背后，还有一层隐形的门当户对意识：人们渴望找到那些在生活的战斗力上和自己相配的人。在琼瑶小说里，她总是对那些柔弱的、以爱为生、以依附为生的女人进行赞美，将她们比作菟丝花，而她们也往往找到了可以依附的松树。现实世界里，强人却总是选择强人，不论是当伴侣，还是当敌人。

网络上曾出现过一个著名的段子，有个漂亮的美国女孩在美国一家大型网上论坛金融版上发表了一个问题帖："我怎样才能嫁给有钱人？"并认真询问有钱人都在哪里出没。J.P. 摩根银行多种产业投资顾问罗波·坎贝尔作为网友理智地回答了她："从生意人的角度来看，跟你结婚是个糟糕的经营决策……你的美貌会消逝，但我的钱却不会无缘无故减少。事实上，我的收入很可能会逐年递增，而你不可能一年比一年漂亮……所以我劝你不要苦苦寻找嫁给有钱人的秘方。顺便说一句，你倒可以想办法把自己变成年薪五十万的人，这比碰到一个有钱的傻瓜的胜算要大。"

想和什么样的人在一起，自己首先也得是那种人。比如著名的记者奥莉娅娜·法拉奇，她在 1973 年，从同事手中抢来了去雅典采访希腊抵抗运动领袖和政治活动家亚历山大·帕纳古里斯的机会，这一年，法拉奇四十三岁，已是著名记者，经历过二战、越战，采访过众多政要，包括基辛格、印度第一位女总理英迪拉·甘地、以色列总理果尔达·梅厄、巴勒斯坦抵抗运动领袖亚西尔·阿拉法特，后来，还曾采访过邓小平，这些采访，让她成为"国际政治采访之母"，这位"母亲"曾这样看待爱情："事业是可爱的，爱情是可笑的。"但这次采访之后，她却开始和亚历山大·帕纳古里斯共同生活，共同战斗。显然，她之前之所以觉得爱情可笑，不过是因为她没能遇到足以和她匹配的人，没能遇到另一个像战士一样面对生活的人。

生活是一场战斗，人都在有意识地寻找能够和自己并肩作战的人。将自己提高，让自己成为更好的人，更好的战士，才有可能遇到另一个有相同战斗力的人。而这一切，是菟丝花们不可能实现的，也绝非培训班可以速成。

该不该去赴一场千里之约

隔三岔五，就有朋友发展出一段异地恋，然后面临这种选择：要不要去她（他）那边?

中国人讲究劝和不劝分，“宁拆十座庙，不毁一桩婚”是千古箴言，因此，在许多情感问题上，只要能看得过眼，绝对不会提出果断的建议，但每次遇到这种需要建议的异地恋，不管双方表现得多么融洽，我都会劝他们慎重考虑。

我所目睹的异地恋，失败率远远高于同城婚恋。先后有几位女性朋友，辞职售屋地去赴一场千里之约，两人相处没多久就出了问题，但背井离乡的这位，往往拖延了三到五年才彻底离开。原因显而易见，她们的决心太大，付出的成本过于高昂，从经济上、社会联系上，都是以斩断往日命脉的方式，来赴这一场约会。尽管稍后她们就隐隐觉得不妥，但那高昂的成本将她们套住了，一旦承认自己的失败，离开此人此地，就意味着将损失变现，必须怀着解套的心，期望时间将成本摊薄。

异地恋的失败，仅仅因为成本问题吗？或许，真正的原因是，它改变了两个人的强弱关系。

美国学者在 1971 年做了一个实验，名叫“斯坦福监狱实验”。他们招募了一群大学生，进入他们临时搭建的地下监狱，分别扮演看守和犯人，仅仅一周时间，实验就宣告终止，因为，双方都太入戏了，扮演看守的学生们，开始残暴地对待“犯人”。实验参与者菲利普·津巴多教授，后来写了一本书，名叫《路西法效应》（路西法是神话里堕落成恶魔的天使），整个实验后来也在 2001 年和 2010 年两次被拍成电影，它们揭示了这样一个事实：绝对的强弱关系，会让好人也变成坏人。

异地恋也是这样，它让两个人的地位分出强弱，让从前的强弱关系被改写。赴约者（多半是女性）要在经济上依赖对方，她的社会关系，也得从情人的社会关系上延伸出来，这就等于将自己放到了一个完全被动的弱势环境里，她能获得什么样的待遇，完全要看对方的人品。而人品，是靠不住的。当一个人发现自己可以控制另一个人，拥有绝对权力，“路西法效应”多多少少会发生作用。

曾有情感专家在分析了若干对异地恋的现状后，得出结论：凡是男方去女方主场的，结果大致不错；凡是女方奔赴男方主场的，结果通常不妙。男女两性，本就有先天的强弱区分，主场客场的区别，更加深了这种强弱关系，强弱关系一旦发生，而且差别过大，弱势一方的境遇，恐怕就不会太妙。

所以，这不是一个与异地恋有关的问题，而是一个强弱关系的问题。弱者往往被强者吞噬，弱者向强者靠拢，以为能抱到大腿，却常常将自己放到任人处置的位置上，连自己原有的优势也丧失了。

抱强者大腿，或者要有资财，或者要有阅历见识，有六成的本钱，才能接近有十成资本的靠山，否则只会被吞没。商业社会，这种例子实在太多。

这就是异地恋经不起考验的原因，从强弱关系上看，异地恋，是主动将自己变成弱者；从商业的眼光看，这是在自己只有两成本钱（原本的五成本钱，因为异地身份而折损了）的情况下，去和有八成本钱的人，谋求一场平等的联姻。

绕开那些境遇性爱情

我的朋友维维正在反省，为一段只持续了六个月的感情。

表面上看，事情非常简单。去年秋天，她因为一种慢性病，住进了医院，这种病必须长期治疗，所用药物非常昂贵，住院才可以报销，但按照医保政策，她在同一家医院住院的时间不能超过一个月，她必须出院调理半个月，再去医院住一个月。为了治疗的连续性，第二次还得选择同一家医院。于是，有近半年时间，她成了一家医院的常客。

负责治疗她的，是一个男医生，三十五岁，浓眉大眼，性格挺温和，诊疗时轻声细语，聆听时表情专注。正处在情绪谷底的维维，瞬间就对他产生好感，从护士那里探知他是单身后仅仅一周，她就向他做了表白，他也欣然接受。但他们的相处只持续了半年，彻底出院一个月后，她突然发现，他完全不是她生活体系里的人，她之所以对他产生依恋、依赖、爱慕，都是因为她的病，还有医院的环境，那半年的相处，离奇得像一场梦。这段感情于是宣告终结。

促使一个人对另一个人产生感情的原因，非常复杂，但有时候，是特殊的环境和特殊的心境让人产生感情，这种感情的维系，也往往高度依赖于特殊的环境和心境，一旦那种环境消失了，支撑它的力量也就消失了，这种感情也会随之萎缩。对这种感情，我们不妨称之为“境遇性爱情”。

托马斯·曼的小说《魔山》里，主人公汉斯·卡斯托尔普遇到的，也是一段境遇性爱情。他因为肺病进入疗养院，一住七年，病友们非富即贵，疗养院又建在山上，一群人像是活在云端，靠聊天和游戏打发时间，就在这梦魇一样的生活里，汉斯迅速爱上了来自俄国的肖夏太太，因为她身上的一点点清新，使她显得格外出众。如果是在一个正常的环境里，在众多女性的映衬之下，她的魅力会显得过于浅淡，她的过往、人际关系和人们对她的评价，也会对她的魅力形成损害，而在疗养院里，这些损耗统统欠奉。特殊环境，会掩盖人的缺陷。

能达到这种效果，促成境遇性爱情的，并不只有医院，学校、军队、监狱、自成体系的大厂，都有相近的效果。《泰坦尼克号》《和平饭店》《迷路的人》等电影所描绘的，都是这种爱情，其要素，是相对封闭、脱离日常生活的环境。在那种封闭环境里，人们产生默契，在那种脱离日常生活的境况下，人们不自觉地放低了自己对伴侣的要求，因为，那个环境像舞台，会放大人的魅力。

更多时候，催生这种境遇性爱情的，不是硬性的封闭环境，而是人的心境。情绪低谷、共患难的经历、长期与世隔绝的宅男宅女生活，都是催生这种爱情的土壤。朋友 A，因为一起牵涉到许多人的经济官司，出没律所，遇到了同样在打官司的 B，两人成了情侣，又在官司结束后分手；朋友 C 失业在家，沉迷网游，对同一个游戏战队的网友产生感情，找到新工作后，再问起那人，她只觉得茫然。

显然，这种特殊环境和心境，更像是一种催眠。刚刚下线的电影《催眠大师》里，就对这种催眠做了剖解。影片开始，莫文蔚出现，只用了一个调整钟表的动作，就将有催眠大师之称的徐峥，在清醒状态下催眠。许多时候，在我们踏上一个新环境，或者陷入一种情绪的时候，一种隐性的催眠，已经悄悄开始，我们会爱上平常不会爱的人，做出平常不会做的事，而当那种境遇结束，我们也会缓缓苏醒，并对过去的一切追悔莫及。

所以，每次置身于一段感情时，我们必须不断自问，对方的魅力，是来自他本人，还是自己的境遇，自己的沉迷，又有多少是来自催眠。只有反省，持续不断地反省，才能校正这种催眠，让理智重新在场。

封锁期间的爱情

张爱玲小说《封锁》里，坐在同一辆电车上的吕宗桢和吴翠远，遇上了非常时期的临时封锁，在封闭的空间里，两个人捂出来了一点似是而非又微妙的感情，但封锁解开的时候，吴翠远却发现，他遥遥坐在他原来的位子上。她震了一震——原来他并没有下车去！她明白他的意思了，封锁期间的一切，等于没有发生。整个的上海打了个盹，做了个不近情理的梦。

朋友F和L的感情，就发生在这么一段封锁时期。两年前他们受各自单位委派，去某个大学接受为期半年的封闭式培训，该大学是扩招的产物，十年前建起，远离城市，距离最近的县城都有五千米路程，要想回省城，长途车都得换乘两次。好在学校环境优雅，生活便利，电影院、游泳馆、图书馆、集贸市场一应俱全，众人陷身这冷酷仙境，开始颇多抱怨，渐渐也适应了，慢慢拉开了回城的时间间隔，一心一意地在这里寻找乐趣。

在这样一个近乎真空的环境下，F和L终于越看越顺眼，于是由同学发展成情侣。更何况，他们所在的单位，是文艺团体，他们的培训任务，也与演艺有关，那里几乎是一个没有台上台下之分的舞台，每个人都竭尽全力表现自己最好的一面，每个人都光彩熠熠，像个“不近情理的梦”。但不巧的是，培训结束，他们的感情延续下去并引向婚姻，她却发现，他酗酒，也赌博，在基地有纪律约束，并不十分明显，现在却毫不遮掩。他也认为，她过分强势，对财富和声名的渴望过于强烈，不是一个宜家宜室的女人。于是离婚，博客对骂，周围人帮助揭发真相，闹得沸沸扬扬。非真空的环境下，肥皂泡“叭”一声破了。

封闭的环境确实有助于培育感情，黄佟佟的小说《女人是比男人更高级的动物》里，离婚的女主人公带着孩子，遇上了非典时期的封锁，在这种捂着闷着的环境下，她和她那多年来几乎感觉不出性别差异的男性密友，都有了心灵颤动的片刻。托马斯·曼的小说《魔山》里，那些在疗养胜地治疗肺结核的男女，专心赏玩自己的情感，把疗养地变成了一个让人昏睡的魔山。

但封闭环境里的感情，一定要用嘈杂的现实进行检验。杨过和小龙女的感情，发生在活死人墓里，那个环境，也相当于一种封锁。杨过不是在日后才知道小龙女的武功较他高强，但是活死人墓里欠缺比较，两个人一定要在走上江湖以后，才知道这种差别的威力；小龙女也不是日后才知道杨过来自不健康的家庭，自小寄养在别人家长大，但活死人墓里烦恼很稀薄，一定要在江湖的颠沛流离中，才能激发畸变心灵所酝酿的风暴。

封锁期间的爱情，从来都值得商榷。专心致志、心无旁骛，用在发现相对论、排列元素周期表上值得称赞，能否用在谈恋爱上却值得探讨。除非当事人是大观园中人，有本事把那个封闭的伊甸园一直延续下去，永远冰清玉洁，永远不和肮脏的现实发生关系，永远在月下，让丫鬟传递写着诗的手帕。否则，封锁期间的一切，都会在封锁过后恍如一梦。

当初惊艳，只因世面见得少

“当初惊艳，实实在在，只为世面见得少。”这到处流传的话，版权属于亦舒，还是李碧华，还在争论之中，但道理总归不错。见过山外山，门前那座土丘，或许不值得付出愚公的执着，见过人外人，身边的白衣飘飘，即便独坐幽篁姿态十足，也显得有几分陈旧。

讲一件真实发生的事：女生一路奋斗，接近了某个交际圈，如获至宝地选择了一位触目的年轻男士，而且与之深度交往，并当作终身依托，其实该男金玉其外败絮其中，情感也并不专注，弄得满城风雨。这失败的恋情，很长一段时间被人挂在嘴上，作为对她的说明——这就是她的 level。

另一件事：女生少年丧父，感情需求格外强烈，埋头学业多年后，遇到已婚男，他的手段也很寻常，送花、巧克力，加上各种破绽百出的诺言，但对于初出茅庐的她来说，样样都是开天辟地第一回，于是各种折腾，各种伤神，最后无功而返。十年后，她身居高位，照旧独身一人，她的下属，一个年轻女孩，却将她当年的经历一一重演，当过一次贴身的观众，她恍然大悟，当初的地转天旋，实在是因为见得少。

许多懊悔，源于世面见得少，缺乏比较，许多自以为百转千回的选择，其实不过是急就，许多自以为过尽千帆的决定，其实还是寸光。这世界却不会一直仁慈，不给你比较的机会，总会有一天，将所有好的、灿烂的堆在你面前，看你的慌张，诱惑你转而他顾。在各种选择之间的反反复复，对人是极大的消耗，时间、经历、金钱，都经不起这样消耗，更重要的是，这种反复，渐渐会磨灭自信。

所以要见世面，见过世面再定心。定心去爱，去谈婚恋。

见世面，也不只是为了比较，而是为了练习出一颗经得起反复清空的心。伊丽莎白·吉尔伯特有套自传小说叫*Eat*，*Pray*，*Love*，中译本叫《一辈子做女孩》，改编成了同名电影，电影由茱莉亚·罗伯茨主演，电影的名字译得好，叫《美食，祈祷和恋爱》。女主人公离了婚，不急着开始新感情，而是到处游走，意大利、印度、印度尼西亚，一站站走下去，到处搜寻美食美景，到处展开兴之所至的学习，从学习瑜伽到抄写经卷，当然，免不了的是和人交接，一路上遇到的人，和她共同经历旅行，也把自己的故事讲给她。这一路走下来，不断清空，不断充满，再回到现实中去恋爱，大概就不会那么执着，不会把一段感情、一个人当作全世界，这种执着，是爱情的烈性毒药。

见世面，为的是一份免疫力。毛泽东曾宣讲创办《参考消息》的意义："这是为了锻炼我们。……知道一点世界上的事情，敌人怎样骂我们，敌人家里的事情是怎样的……就等于我们种牛痘。"这道理至今仍不过时，而且适用于情感领域，好的坏的都见过，就像种过了牛痘，有了一份免疫力，才能处事不惊。

见世面的手段、途径有许多。便捷靠谱的，首先是阅读（咱们把对书、电影、画、音乐的品鉴都当作阅读）。杨凡在散文集《杨凡时间》里，盛赞钟楚红的轻松自然。但轻松自然的背后，还是她在见世面上用了时间，她喜欢逛美术馆，看英文报纸，尽可能地丰富自己。

然后是游历，名山大川看过，知道了世界之大，把自己瞧小了，当然多点从容。

最好的见世面的方法，还是与人交往，“阅人无数”尽管是一个接近贬义的说法，但金字塔必须有塔身才有塔尖，阅人无数的同时阅人有术，时刻不忘成长才是终极目的，这种交往，才会将人引向更为宽广的世界。

给身体和心灵一个悠长的假期

在她朋友的眼里，她就像一个赶路者，总是急着奔赴下一段恋爱。

大家心里都有一张时间表。2008年，北京奥运会结束时，她也结束了一段持续五年的感情，就在所有人都以为她身心俱疲的时候，她迅速投入另一段感情。遗憾的是，这段感情只持续了六个月，2009年夏天，全国人民排队抢购住房的时候，她提着两大袋东西，脖子上挂着一只环保布袋，搬出了他们共同居住的屋子，环保布袋里那只三个月大的小猫，是这段感情的遗留物。

只休整了两个月，她又义无反顾地开始了另一段恋爱，这一段感情，来得太仓促，根基不稳，波折不断，颤颤巍巍，像一只让人揪心的风筝，就这样，竟也持续了两年。2011年夏天，邓文迪在那个著名的听证会上，一巴掌打倒袭击默多克的男人之后一周，她又分手了。这次的休整期更短，只有一个月，一个月之后，她在新的住所里煮咖啡，新男友在沙发上抚弄那只两岁半的小猫。

此后两年时间，那只猫跟她换了两个家，有过两个“爸爸”，每次搬家的间隔时间，至多两个月。如果给她拍一个MV，画面上的她，应该是行色匆匆的，穿着夏天的衣服，拖着行李，抱着猫；穿着秋天的衣服，拖着行李，抱着猫。四季的景色在变，猫在长大，身上的衣服在不停变换，她的奔波却没有变。

她并不是没有反省精神，她和朋友一起，对自己进行了剖析，为什么她每一段感情都没有传说中的那种深沉？为什么她这么急于投身另一段感情，丝毫不给自己喘息的时间？她认为，自己是过于留恋身在爱中的感觉，急于重温那种感觉；朋友们认为，她太在意人们的评价，生怕自己成为别人口中的孤独者。内力外力联合作用，让她总是急于投奔新感情，仓促地抓一个人来，结束孤独状态，于是爱得踉踉跄跄，跌跌撞撞，像下楼梯，从一段楼梯上冲下来，还没有站稳，就慌慌张张地冲下另一段楼梯。

1990 年，有部著名的日剧叫《悠长假期》，这部剧的名字，宣示的是主人公们的人生态度，在他们看来，人生中的不开心，人生里的低谷，都在所难免，不如把低谷当作一个悠长的假期，在那个假期里整理自己，清空自己，以便再度出发。

人不妨间歇性地投身到这种悠长的假期里。不论是工作，还是感情；不论是身体，还是心灵，都需要一段停顿，一段节奏切换，一个悠长的假期。人得利用这个假期，清空自己的缓存，从容一点打量自己，收住那种跌跌撞撞的步子，矫正一下自己的姿态。

如何判断这种假期的时机来了？工作低潮，感情低谷，生命滞胀，也许就是这种假期的开端。在这种悠长的假期里，要做的是减少操作，静观其变。因为，失意之中做出的判断，往往带着愤怒、怨意、急切，常常是被急于翻本的愿望驱动，多半是不准确的。在这种悠长的假期里，不作为，可能是更大的作为，控制住自己重出江湖的冲动，可能需要更大的勇气和热情。

这种假期，有时甚至相当长，有人在那种安静低调之中体味到了甜美，也许就从此悠长下去了；也有人把它变成了习惯，时不时地悠长一下，算是节奏调整。

唯有如此，才能驯服生活，找回生活的主动权。

第五章

爱的成王败寇原理

都没错，错在两种人生态度的冲撞

收到一封读者来信，写信的是个女孩子，她说，她的恋爱，全被团购给毁了。

和男友第一次约会，男友说安排了吃饭、看电影、唱歌。接下来的事情却让她意外，他带她去了团购的餐馆，位置偏远，倒了两次车才到，菜量又少，她都没好意思吃。随后看电影，也是团购来的票，只能看小片，看热门电影要加二十元，男友选了小片，两人看得快要睡着了。紧接着去唱歌，到了KTV，那边表示，团购的号只能唱下午场和午夜场。第二天他又喊了她去唱歌，让她叫朋友，她一个人也没敢喊，怕丢人。

因为团购而发生矛盾，猛一看，似乎是钱的事，但对照了两方的说法后，倒是觉得，这是沟通不畅的问题。

男方未必是抠门，而有可能是对团购这东西着了迷，他也很乐于和认识的女友分享这种着迷，觉得她会喜欢这种方式，他想通过这种方式，来展现自己的生活艺术。但她的感受却不是这样，在她看来，消费团购的过程，充满龃龉、难堪，团购给他们本应完美的恋爱过程，蒙上一层雾霾。

要知道，即便同为都市人，男性和女性对消费世界的谙熟程度，是不大一样的。男性在衣食消费上倾注的精力，往往不会太多，对他们来说，能够发现团购，并且熟练地运用，已经是一种生活情趣的体现，所以来信中的男士，会津津乐道地带着新认识的女孩子去体验各种团购。但对生活在城市里的女性来说，她们往往比男性更熟悉消费领域，团购也许已经没有什么新鲜感了，她们和别的女孩子，可能已经交流过团购过程中的许多不妥，并且达成了共识，将团购视为一种过分保守的生活方式。男性和女性，在消费的进化程度上，是完全不同步的。可能当两个人再熟一点，熟到能够开诚布公地谈谈他们的消费观，这些因为沟通不畅而出现的尴尬就消失了。

但继续深究下去，未免觉得，这或许是两个价值观不大一样的人。因为，消费方式其实是生活中很小的领域，不应构成对对方人品的评价，在这件事上，却体现出一方对这个领域的过分重视和另一方对这个领域的大而化之，这还是价值观的差异。

两个人在金钱上呈现出来的价值观差异，可以激烈到什么地步呢？就像章小蕙和钟镇涛。他们离婚后，钟镇涛推出自传《麦当奴道》，用几千字篇幅写到了他和章小蕙的婚姻，他随后接受采访，谈论婚姻与债务，题目更是颇具感情色彩：当人生变成噩梦。但当我看过《麦当奴道》的节选及所有采访，才发现，他们的问题出在他和她根本是两个完全不同的人。

她的爱情观家庭观与他迥异，她是云上的人，对生活的要求是好看好玩，他却是凡尘里的人，在颠沛流离中成长，年少时候的风流也不过是穷孩子的风流，一旦尘埃落定，对手中的生活，固然珍惜得过了头，却也有一种不知如何把握的懵懂。而她的财富观和他不一样，处世哲学也和他不一样。

他没有错，她也没有错，碰到一起却有可能是错。团购纠结也是一样，他们都没有错，双方都在贯彻自己的生活方针，但当这种生活方针相撞，出现的却是不那么美丽的火花。

都以为找伴侣要体现互补原则，要找和自己不一样的人，但多数时候，还是得找根子上和自己一样的人，可以在性格上有互补，但绝对不能是根本的人生观、价值观和生活方式有巨大差异，那种差异，迟早会在未来的某一天，以狰狞的面貌撕开生活。

把情感收藏起来

最近一段时间，我的朋友 E，成了朋友圈被众人屏蔽的对象。

原因十分简单，她突然陷入一场恋爱，努力在微博和微信朋友圈里，展示自己的爱情。她每天发无数条动态，描述自己的想念、甜蜜、猜疑、抱怨，不停地报告他们的生活细节，从一场争吵、一顿晚饭、一件礼物，到一次小规模的分手，以及对未来的计划。

她也点评电影，但所有的观感，都能绕到她的爱情上，她还不停地分享音乐，大多是些悲情歌曲，例如《领悟》《你没有好结果》，一大早的，点一下她微信上的歌，就听见李蕙敏的声音咬牙切齿唱着："报应日渐临近来清算你罪行……等欣赏你被某君一刀插入你心。"

她几乎被所有的朋友屏蔽了，大家在微信上悄悄通气："她还那样吗？还那样我就继续屏蔽她。"

展示自己的情感世界，是有副作用的，不仅仅意味着会被朋友屏蔽及疏远。比如前段时间爆发明星婚外情被偷拍事件，这件事之所以引起巨大的轰动，首先是因为媒体操盘的结果，但也和当事人对个人情感生活的展示有关。

也有演员被偷拍过，但照片发布后，却没引起太大波澜，很快销声匿迹，原因是，他构建的就是一个演员形象，将自己的私生活保护得非常严密，人们没有关注他私生活的习惯。也有明星被曝光过，各种荒唐糜烂，却也没有掀起波澜，原因是，他本就是以当代唐璜的面貌出现的，猎艳追欢，是他生涯里的常事，他从没试图塑造一个居家好男人的形象。

那位明星，却一直用自媒体展示出一个好男人的形象，现实中略有瑕疵，就会形成反差，这就放大了生活中的错失，本来可以由当事人私下商议解决的，最后却成了众人怒火投射的对象。

过多地展示自己的情感世界，其实是一种变相的邀请关注，但邀请关注，又是有副作用的，因为只要让人养成关注你的习惯，就像启动了一台永动机，从此，你生活里的大事小事，都会暴露在别人眼中。

你也无法预料被关注的后果，无法规定别人关注你的方式，你不可能规定他们只看到恩爱，不看到波折，只看到你戏剧化的感情，而不做出负面评价。

况且，身在爱中，发生情绪波动，出现戏剧化的表达，都是很自然的事情，但那种情感波动，实在像是一种灵魂裸露，而且比身体的裸露更彻底，不应当随便给别人看到。尤其是在社交媒体时代，所有人都生活在网络里，一个人的关注者之中，未必只有亲朋好友，也有同事、上司、合作伙伴，或者潜在的上司和合作伙伴，暴露自己的情感波动，只会给人留下不成熟的印象，而且，每个人还会把自己的印象扩散出去，形成更大的印象定式。这种形象定式，势必影响到一个人未来的生活和成长空间。

网络，貌似自由，其实意味着更大的不自由，而生逢此时、生逢此地的我们，更要把情感收藏好，克制自己情感裸奔的冲动，以免给未来的自己，留下灵魂的艳照。

有多少爱情，毁在了欲望实现的路上

常常在想，有些人明明在一起了，却为什么没能最终走到一块？原因大概是，欲望实现了。

爱情就像炒股，真正的资产，只是股票价格的一部分（当然也不排除它的内在价值没被发现，股价低于实际资产这种情况），其他的多半靠炒，看机构如何操作，看资金肯不肯进入，看故事有没有讲下去的可能。那部分实际资产就是欲望，一个人对另一个人的初始欲望，虽然小，却至关重要，是爱情的核心，是爱情的动力，而所谓爱情，就是炒出来的部分。如果炒作的节奏不对，如果故事提前讲完，这只股票也就到头了。

有部法国电影叫《两小无猜》，电影里有这么一句台词："我有可以开到210千米的引擎，却开在限速60千米的路上，这就是长大成人。"事实上，男女主人公也是这么做的，他们明明相爱，却努力压抑自己的欲望，故意分离，人为地制造波折，但就是不肯在一起，因为，在得到的同时，失去就要发生了，正如杜拉斯所说："爱是爱消失的过程。"他们就是在炒作爱情，控制节奏，制造故事，放大期待，无限制地拉长期待实现的时间，但他们太悲观了，悲观到不肯让这期待有一丝一毫实现的可能，最后他们殉情了。

开着一辆时速能达 210 千米的车，却以每小时 60 千米的速度行驶，这速度的确太慢了，这样的速度，完全没有驾车的必要。就好像，如果你只是为了展现自己控制欲望和炒作爱情的能力，就完全没有必要经营爱情。但在 60 千米和 210 千米之间，在股价低于实际资产，和股价远远超过实际资产之间，一定有一条中间道路。一定有一个合理的车速，让我们可以开久一点，开远一些。也一定有一套合理的炒作方法，让我们控制好节奏，把故事讲多一点，讲久一些，让欲望像助推器一样，把爱情的飞行器推送升空并且进入轨道之后，再安然着陆。

新加坡社会学家做过一个调查，主题是恋爱时间与婚姻维系时间之间的关系，他们发现，恋爱约会时间较长的伴侣，婚后不和，甚至离婚的概率就会比较低。这个报告是否科学，样本是不是足够多，有没有掺杂其他的因素，我们不得而知，但它可以供我们进行参考——炒作爱情时的参考。你得放缓节奏，有意地阻止欲望实现，给爱情多一点想象力，一点上涨空间，直到它最终抵达目标价位。

当然，这条中间道路，这套炒作艺术，适用于一种情况：你的生理、心理、物质条件都准备好了，你也遇到了合适的人，打算和对方共同炒作爱情。有时候，炒作之所以失败，是因为你还没有玩够；有时候，炒作进行不下去，是因为你完全不掌握炒作的技能；有时候，炒作甚至没有启动，是因为你和对方都在进行评估——这只是炮友，没必要进入爱情。

人都在寻找和自己旗鼓相当的人，战友，或者对手。一个浪子和一个爱情艺术家，貌似对手，却未必没有惺惺相惜的成分，他们在各自的领域都是高手，都知道走到这一步，需要付出多少努力。放纵欲望，放纵到让自己愉悦，是一种艺术；克制欲望，克制到让自己满足，也是一种艺术，他们都知道自己不可轻敌，在这场较量中，爱情产生了。

爱就是一种高估

A 男与 B 女相恋三年，终因 A 生了他心而分手。但，最惊人的不是这些，而是分手之后 A 的表现：先是列出恋爱期间的花费清单，要 B 偿还，随后在博客上破口大骂，接着又因在酒吧与陌生艳女勾搭而惹祸上身，引起恶斗，一行人齐齐进了派出所，形象坍塌的速度，简直如同多米诺骨牌，倒了一块，就接二连三倒下去了。

我们简直倒吸一口凉气，这不但与 B 给我们描述的 A 判若两人，甚至和我们亲眼所见的 A 都绝无相似。在 B 的口中，他好学上进，心地善良，身上常常揣着火腿肠，遇到流浪狗就随时发放。在我们眼里，他热情慷慨，外出聚会乐于埋单……我们小心翼翼地问 B："他怎么是这样一个人？"她幽幽地吐出一口气："要想他好，就先得假设他的好，就得不断鼓励他把优点发扬光大。"原来，连喂给流浪狗的火腿肠，都是由 B 常备的，她一直在手把手地教他做完美情人。

心理学专家提出一种"期待效应"，你要某个人做好人，就得鼓励之，心理暗示之，不断发出积极的期待，所以老师要一直夸学生，上司要一直夸员工，即便遇到持刀歹徒，也得肯定他："你不是坏人，你不会这么做。"在网络上买到的东西明明寄出时就是破的，亦得称"多半是运输过程出了纰漏"，委婉地与卖家协商。总之，凡事都要往好处想，对人要赋予美好期望，激发对方善的潜能，让对方即便戴上假面具，也得演下去，因为，维持一种形象，也需付出成本，半途而废最不划算。

B就一直以行动奉行“期待效应”，在A身上寄托了全部的爱情理想，将他送上神坛，不断告诉他，你是情圣，你专一，你勤劳勇敢，你宅心仁厚，你是我的小王子，你是我的玫瑰你是我的花，时时不忘唱出爱情的最强音。但A，他胜任不了这个至情至性的角色，那不是他，他只是被动地接受了这个角色，半推半就、无可奈何地演着，终于，他累了，演不下去了，索性显露真身，破罐子破摔。

李银河曾说：“爱是一种高估。”与其理解为被猪油蒙了心，倒不如说，高估对方是种策略，是“期待效应”的具体体现。但人亦有破罐子破摔情结，分手、出丑、出轨被揭发就已经是最大的失败，已经很难看了，不妨继续难看下去，已经在破坏之中，还有更大的破坏要来，有了伤口，不妨撒点盐，只要露出坏的苗头，就会一直坏下去。

期待与高估，不一定处处适用，要分人。盖·里奇与麦当娜离婚后，互揭疮疤，打擂般公布闺房秘事，令旁观者都感觉无比难堪。某女明星与丈夫感情出了问题，离奇的偷情故事立刻免费送出。一旦感情出了纰漏，一旦“期待效应”宣告破产，便会破罐子破摔，再高估，也没有用。

我有个朋友，兴冲冲地去揭发出轨的丈夫，以为能使他回心转意，对方倒索性打开天窗说亮话，露出泼皮本相，坏人做到底，反倒是她后悔不迭。还有个朋友，出卖了生意伙伴，被出卖的那位，找上门去原谅他，他却完全撕破脸皮——已经够难看了，不在乎再难看一点，人性既已出现缝隙，索性分崩离析。

所以，谈情说爱，时刻得紧绷神经，时刻得保持“期待效应”的热情，不要激发出对方的破罐子破摔情结，让坏事变得更坏。当然，前提是，对方得当得起这样的维护，经得起这样的高估，就算他是个不大完美的罐子，但也不能是一个时刻准备摔到更破的罐子。

密室里的隐形红线

看了一段时间的《康熙来了》，有点心得，但凡两个嘉宾一起上节目，其中总会有一个比较惹观众讨厌。

比如其中一期《康熙来了》，两位老歌后同时出现，A谈笑风生举止洒脱，言语十分现代，B就以自我为中心，索然无趣，气质十分市侩，且总不忘记抢镜头。小S和蔡康永邀请A离开座位到中间去说话，不上三句，B必然要接口："对对对，我那次也是这样""我也遇到过""是这样唱的"，镜头只好回到她那里，简直触目惊心，何况旁边还有A的宽厚和不在乎衬着。

但还有一期，又是两位嘉宾，A竭力活跃气氛，B却显得落落寡欢，以人淡如菊之姿出镜，丝毫不肯分担制造热闹娱乐观众的重任，观众若有特异功能可以看见人的气场，必定会发现，一个无形的、庞大的气囊，被A独力扛在了身上，B连扶一下都不肯。可如果观众谴责B，B也铁定十分委屈，出让戏份，让对方多露脸，有什么错？总之，人和人，多了也不行，少了也不好，抢也不行，让得多也不好，这么看来，电影《戏王之王》里那句台词"人过了三十，或多或少要有一些演技傍身才可以的"还轮不到普通人使用，普通人能搞清楚自己的戏份，什么时候现身，什么时候韬光养晦，什么时候多说一点，什么时候闭口不言，就已经不简单了。

婚姻生活里尤其容易抢过头或者让过头，因为太容易丧失警惕。宋丹丹当年和英达在一起，担起全部家务，“我只是忙着给予，忙着告诉我的亲人们：‘没关系，天下太平，再大的困难我一个人就能扛住’”，以至于到了“累苦了，到极限了，要崩溃了”的地步，英达的父亲英若诚因酒精性肝硬化多次住院，都是宋丹丹打理，其他家庭成员缺席，固然是因为忙，却也因为“丹丹什么都行”“丹丹不需要也不喜欢别人帮助”的观念深入人心，她给得太多了，负担得太多了，并理直气壮地认为，自己给的，都是别人要的，并因此认为“我那些‘汗马功劳’足以抵消我做错的一切了”。于是让英达回馈她的机能，嵌入家庭的机能，维护和经营婚姻的机能都退化了。所以，离婚时，他并不难过。

太悍然，太有自信……也不妥。就像张爱玲小说《连环套》里的霓喜，跑到汤姆生办公室去声讨，情形突然发生了逆转：“汤姆生的世界是浅灰石的浮雕，在清平的图案上她是突兀地凸出的一大块，浮雕变了石像，高高突出双乳与下身。她嫌自己整个地太大，太触目。”

但什么时候多？什么时候少呢？什么时候上前一步？什么时候平行？什么时候退守？什么时候睁一眼？什么时候闭一眼？什么时候刻意让姿态漂亮？什么时候可以不顾姿态？真是很难把握，其中之微妙之难测，就像进了港片中的藏宝密室，红线都是隐形的，肉眼看不见，不知道什么时候就有所触犯，况且，当真像电影那样，稍微过界就警报大作还好点，难的是没人提醒，远了太疏离，近了具有侵犯性。大概只有人生的老戏骨，才懂得将分寸拿捏到最精确。

问题还是在于，女人总是要参照男人的位置确定自己的位置，缺少自己的位置，因此多少有点仰人鼻息，就像一期同时存在两位嘉宾的碍手碍脚的《康熙来了》。所以，无论何时，女人还得有一台独属于自己的《康熙来了》，有一个让自己自如的位置，才足以削弱那种过分在乎导致的左右为难。

跳出圆熟流丽的亲密关系之舞

一段感情结束，当事人总会追问因由。朋友D得出的结论是，自己和对方的生活环境差异过大，但根据我的了解，事情没有这么简单。D和女友的差距，不在生活环境上，那是表面现象，他们最根本的差距，体现在情感能力上，一个深沉细腻的女孩子，恐怕无法忍受这样一个男人，两个小时一次电话："你在哪？路上？不对啊，听不到车的声音，你有事可别瞒着我。"

曾获得戛纳金棕榈奖的电影《阿黛尔的生活》，讲的就是这回事。导演起初给我们看到的，就是一对相爱女孩的"社会差距"。阿黛尔是移民后代，家境平平，即便有重要的客人上门，父母用来待客的，也不过是意大利面；艾玛却来自艺术世家，自己也是画家，父母性情洒脱，饭桌上的菜肴精致可口。她们的人际环境，也大有不同，阿黛尔的同学粗俗野蛮，艾玛的朋友却多半是艺术家，温雅而有风采。几个日常生活场景对照下来，我们不难得出结论，她们走不到一起，迟早得分开。电影的结局，也印证了我们的预期。

略微深究一下，却不难发现，她们最大的差距，不在于物质是否丰裕，而在于精神世界的丰裕，她们的分歧，是情感能力的分歧。阿黛尔欠缺精神追求，尽管艾玛一直鼓励她多写点东西，她始终置若罔闻，她在意的是，自己是否被陪伴，是否得到重视，她和同事出轨，被艾玛发现，她给出的理由是自己太孤独了，当这个理由出口时，艾玛眼神里的失望，说明了一切：这么久了，阿黛尔还是没能改变她的游移、脆弱、瘠薄，她的情感能力，始终停在不成熟的阶段。

有一种强调“门当户对”的婚恋观，曾经很受诟病，持有这种观念的人认为，男女双方的资财、地位、社会资源务必要对等。现在看来，我们应该对“门当户对”有新的认识，如果我们一定要追求对等，落脚点应该是情感能力的对等。

情感能力包含许多内容，最重要的是感受力、专注力，以及沟通、识别、自控、自省、自我改造的能力。勘察一个人情感能力的层级，主要看他或者她是不是能够捕获生活的美感，能够感受到他人的人性之美，能够持久地建设亲密关系，能够控制自己的欲望。拥有足够高的情感能力，才能跳出足够圆熟流丽的亲密关系之舞。

不过，情感能力，是和生活环境密切相关的，往往和生活环境的层级成正比。这才是“门当户对”这个说法里，一直被掩盖、隐藏和误解，但最重要的含义。相近的阶层，情感能力也会比较相近，追求阶层的对等，为的是情感能力的对等，情感能力的提升，也意味着阶层的提升，这两者一直在互相表述。

这也是蔡健雅那首《达尔文》的真正意图，幸福绝对不是取决于爱得深，而在于能否“学会认真，学会忠诚”，进化成更好的人，“没实力的就有淘汰的可能”。一个人的进化，不只是阶层的进化，也是情感能力的进化，这两者同时发生，进化才是有效的。

依赖，亲密关系里的一声号角

离开北京，回到家乡，小纤同学的第一次震惊，来自一只狗。

事情是这样的，她毕业后留京，独自一人生活。生性独立，加上后来学理科、练长跑，在公司独当一面，直接导致一个结果出现，她事事都不肯求人，样样都要自己来。当然，更现实的原因是，在北京这样一个大城市，即便想要求个人，也得先走出三十公里地去，有那精力，倒不如自己设法解决。

回到家乡后，她照旧奉行北京的生活准则，不求人，也和别人保持距离。结果，有一天，老朋友上门来，丢下一只泰迪犬，说自己要出差，让她帮助照看一周。她当场就震惊了，勉强接下狗，却气愤地想，这种事情怎么好意思麻烦别人？这种事情难道也可以麻烦别人？她坐在沙发上，心理重建了很久，终于接受了一个事实，自己独立太久，已经不习惯依赖别人，也拒绝被别人依赖，而现实中，人们都得有所依赖，也得被别人依赖，适度的依赖与被依赖，是人和人之间建立联系的方式。

她甚而体会到，这大概也是她情感生活一片空白的原因之一，和她是在北京还是二线城市无关。一个会修水管，装灯泡，喝醉酒自己回家，不动声色端上一桌子菜，和票贩子、各类家政公司、社区大妈长期建立着良好业务关系的女人，别人即便想要亲近，恐怕也找不到合适的机会。她一度瞧不起公司里那个总要男同事帮忙制作 PPT 的小姑娘，常常暗想：“下次谁帮你？”但该女总是能得到别人的帮助，她后来悟出一个苍凉的道理，该女不是没有学习能力，而是把这当作一种交际手段，她用不断地寻求帮助和接受帮助，在中关村写字楼的那个小世界里建立起了一种惯性，给所有人施加了一种心理暗示：她应该被帮助，帮助她是快乐的。

我们自小就被教育，要独立，不要依赖别人，各种民间谚语也在谆谆教导，靠人人走，靠墙墙倒。其实，不存在一个没有依赖的世界，人都得和别人通过各种渠道建立联系，依赖也是渠道之一。人们用依赖，向别人发出信任的信号，用依赖说明自己的亲密感，用依赖和被依赖，建立付出和回报的良性互动和良性循环。从某种意义上讲，依赖，其实是亲密关系的号角，带点侵略性，也带点刺激性。过度强调依赖的副作用，只会让人在必须要依赖的时候，陷入纠结，举止失常，就像很多人的失眠恐慌，恰恰来自对失眠恶果的了解。

尤其是在情感领域，依赖和被依赖，有时候不是那么黑白分明的，依赖，有可能是被依赖的另一种方式。例如我的朋友 A 和 B，在我们看来，A 总是生出各种事端，要 B 去解决，家事，工作上的事，生意上的事，眼花缭乱地抛过来，一直都不肯消停，而 B 也总是默默地接过来，不发一言地设法摆平。我们暗暗称奇，觉得 B 过于随和，承担了太多义务，但当我们和 B 深入聊起这种情形，他却表示，这些事都在他的能力范围内，他很享受 A 的这种依赖，在他看来，这是两人交流的一种方式，他们用依赖和被依赖，触摸对方的存在感，刺探对方的亲密感，像深海鱼类的声纳系统。他们在这种依赖关系上，达到了某种默契与和谐。看起来，是 A 在依赖 B，事实上，B 也在依赖 A，被依赖，就是他的依赖。

当然，这种默契的秘诀，在于适度。要适度依赖，磨炼依赖的技巧，但不能把依赖当作生存之道。

现在，我再来告诉你，开头的那位小纤同学怎样了，她后来养了一只泰迪，出差时，她也学会了把狗丢给别人，她在这个城市最亲密的朋友，就是那几个可以互相寄养狗的朋友，是依赖导致了亲密，还是亲密引发了依赖？她现在不想去追究其中的因果关系。

爱情瘦了

这是一个读者来信里的故事。她和他交往了两年半，刚开始交往，他就把工资卡给她保管，她非常感动，因为他的工资是她的几倍，存钱买房会更快，她决定不动用他的工资，日常开支都由她负担，但他却始终不提结婚的事，两个人终于分手。分手时，她要和他平摊生活费，他却不认账，还偷走了自己的工资卡，她去找他的时候，听到他对自己的朋友说："我知道女人，如果是用别人的钱，她们会很奢侈。如果你把钱给她管着，她就会当成是自己的钱，就会节约。这样你就节约了不少恋爱成本，最后分手你也不吃亏，像我现在就可以拿着这笔钱去换个女人。如果不分要结婚，那你也有不少存款了，是吧？"

她该怎么办？

想起前段时间，一个让女性感到不安的现象，据说，许多香港富豪们，不愿组织家庭，更不愿通过与女性结婚来生育后代，他们希望有孩子，但又想要避免财产因为离婚被分割，只肯寻找代孕母亲，哪怕极为昂贵，于是以合同代孕的形式，完成生儿育女之责。

其实，这些富豪的财产，已经非常惊人，即便因离婚而分割，也难以撼动他们的江湖地位，但他们宁肯选择这样一种形式，确保自己的财富不损失一分一厘。而这种心态，不仅仅存在于富豪之中，也在普通人中蔓延。我有个朋友，在发达之后，为了向妻子隐瞒自己的财产，始终选择用付全款的方式置业，买来的房子和商铺，多半写在他父母的名下，不能贷款这个硬伤，一直是他扩大自己资产的障碍，但他宁肯咬牙挺住。另外一个朋友，选择代理人管理资产，他的矿、他的加油站，全由那些朋友管理，他告诉妻子，自己在那些产业里只有一点股份，在代理人管理这个巨大隐患和被妻子知悉之间，他宁肯选择那个不带感情色彩的隐患。

人是经济动物，婚姻世界里的动荡，其实也可以视为经济问题，我们的爱情变“瘦”，根本原因，或许是因为，在资源紧缺时代，人们更注重自保，而不是和伴侣分享资源。美国学者斯蒂芬·李柏（Stephen Leeb）在《即将来临的能源崩溃》中指出，资源紧缩，将在未来十年全面爆发，不只石油，人类生存所需的其他资源，也都在迅速减少。

资源紧缺，以及随之出现的长期通货膨胀，房价暴涨，物价急速攀升，是我们的爱情变得脆弱的根本原因。我们生活里的一切，越来越丰富，却也越来越得之不易，维持一种体面生活的成本也越来越高，现代生活是一场培根画作里的大火，将每个人灼伤。

所以，那些和伴侣同甘共苦的人，成了众口称赞的传奇。例如李安和他的妻子林惠嘉的逸事，他们相识于 1978 年，五年后结婚。在他们还是男女朋友时，李安拍摄电影《分界线》，钱不够了，直接从林惠嘉的账户里提出八千多美元来用，一点没觉得有什么不妥当。后来他失业六年，林惠嘉负担家庭开支，却还是照旧鼓励他做剧本谈项目，理由是“我不需要一个死人丈夫”。还有黄霑和林燕妮，他赚钱没有她多，而且不善筹划，他们住的房子是她买的，连带他用的车，也是她送的。再比如，梁朝伟和刘嘉玲，他自认“很笨”，“除了拍电影，其他什么都不会”，买房置业投资的事情都交给了刘嘉玲。

但这一切，建立在两个人的相互信赖、支持的基础上，如果有一方，借助对方的信任和依赖，在金钱问题上，有意无意地进行盘剥，这种情况，叫作“情感欺诈”。这位读者遇到的，显然就是这种怀着恶意的“情感欺诈”。这种欺诈披着感情的外衣，因而难以识别，难以拒绝，最后往往让被蒙蔽的一方，不论在金钱上，还是在心理上，都受到极大损失。

不论这位最后能否要回她损失的金钱，在他们的关系里，他的损失比她大，因为，他很难再找到另一个愿意这样用心经营感情的人。爱情，其实也在提供一种精神资源，两个人的相伴、相互扶持、精神上的滋养，一段亲密关系分泌出的幸福感，是金钱所不能衡量的，它是一个人身体周围的小气泡，抵挡住大世界的压迫。希望你不要丧失这种对感情的信仰，能够在下一段感情里，找到和你互相滋养的人。

当然，经历这一次挫折后，要记得给自己留点余地，仍然要相信爱情，但也要时时抽身出来打量这段感情里，有没有恶意的成分。

爱的成王败寇原理

达斯汀·霍夫曼和梅丽尔·斯特里普合作出演过一部著名的电影《克莱默夫妇》，在这个电影里，女主人公觉得自己在婚姻生活里一直处于被忽视的地位，决定要找到真正的自己，于是在某天夺门而出，并谋到一份高薪的工作（比日渐走下坡路的丈夫的薪水要高）。一年半之后，杀回纽约来，离婚，争夺儿子的抚养权。

但在法庭上，丈夫的律师却漾开一笔，紧紧地追问她，她与朋友的关系能保持多久，与男友的关系能保持多久。都不长，现代人的人际关系，很动荡。那么，她和前夫的关系保持了多久？从恋爱到结婚，一共八年。“那么，这是你生命中最久、最重要的关系？”“是的。”律师于是说：“那就是说，你在你一生中最重要的关系上失败了？”女方的律师：“我反对！”男方律师：“请回答。”

她懵了，她大概从没想过这个问题，所以气势汹汹地以浴火重生的凤凰的姿态回来讨孩子，但实际上，不论错在他，还是在她，不论是他错得多一点，还是她错得更多，不论他们两人谁的处境好一点，谁更有资格居高临下，他们都在一生中最重要的关系上失败了。事出有因也好，有委屈也罢，旁观者讨的只是一个结果。她犹豫了很久，终于说：“是的。”她承认她失败了，在一生最重要的关系上。

黑与白之间，有许多种的灰。人的关系上，却锋利判然，或者成功，或者失败，情感关系中，奉行的更是成王败寇原理，爱就是爱，没有 70% 的爱，哪怕 90% 的爱，其实都是不爱。就像做股票，有人发明“被套”一说，但终于有个明白人，写了他炒股多年的心得，他说，做股票，只有赚或者赔两种状态，所谓被套，不过是一种心理安慰，是对自己失败的否认，以为只要自己不轻易卖掉，就等于种子还在那儿，账面上的钱随时都会回来，而他，只要发觉买入的股票亏损额度超过 5%，就立刻卖出。这是他在屡次熊市中还能保持收益的秘诀。

经常以“你到底有没有爱过我？”句式发问的人，就是一种典型的、自以为在爱的关系上被套住的人，一种不愿承认自己失败的人。他们总以为时间可以模糊自己的判断，以为自己随时可以重返现场，以为那颗种子还在，随时可以生根发芽，用这一切，来否认自己的失败，于是越套越深，久久地处于感情熊市，甚至占用了感情能量，没办法进行别的感情投资。

蟾蜍都能感觉到地质变化，在地震前排队搬家，人，怎会不知道自己的感情地质状况？他或者她，有没有爱过你，自己怎会不知道？他爱过，他没爱过，都已经是过去式，不会改变这种败局，即便得到一个答复，又有何用？用来在自传的倒数第二章，写下：是的，昨天我问了，他说他爱过我，我的一生，从此都不会因虚度年华而悔恨，也不会因为碌碌无为而羞耻，因为我的把整个生命和全部精力，都已经献给了世界上最壮丽的事业，是不是就可以痛快一点？

还是经常奉行“结果论”，对自己残酷一点的好。是的，这确实不是自己的错，是的，现在自己过得要比他好，但是，我也确实在这段重要的关系上失败了。割肉，清仓，再来。

对待前情，祝福、缄默，还是揭露？

爱人分手，是祝福、缄默，还是揭露对方？在许多明星分手事件里，当事人做出的是最坏的选择，揭露对方私生活细节，曝光家庭龃龉，甚至亮出照片和视频材料作为证据，试图用这种方式，赢得舆论支持，维持自己在名利场上的地位。

为什么说这是最坏的方式呢？因为，共同生活过的人，一旦揭露起对方来，杀伤力大过所有人，哪怕所使用的材料，不过是些生活琐事。就像李敖，在和胡因梦分手之后，接连不断地抛出他们共同生活中的细节，这些细节，对胡因梦的形象，伤害非常大。而人们多半会选择相信，因为，那不是来自娱记或路人，而是生活伴侣，有相当高的可信度。

情场上，没有人敢说自己一成不变，总难免，从一个人的身边走到另一个人的身边，但当变故发生时，曝光伴侣、亲人的隐私，是最冲击人们的伦理底线的。谁都可以，但不能是你。不能是最亲近的人，不能是不曾防备的人，不能是卸下所有武装去面对的人，不能是一起喝水却从不担心会在水中投毒的你，不能是同在一个屋檐下居住却从不担心会放火的你，不能是倾诉心事却从不担心会公之于众的你。这是一种情分，懂就懂了，不懂的永远不会懂。

不幸的是，男性中心的社会，男人的话总比女人多，在分手事件里，我们看到听到的，从来都是女人的隐私。

珍妮弗·洛佩兹曾经打过一场官司，要求法院禁止她的前夫奥贾尼·诺亚以营利为目的透露他和洛佩兹“亲密关系的细节”。他们的婚姻只维持了十个半月，但离婚后的诺亚，不断上电视大谈闺房秘事，更准备出书从头道来。幸亏，洛杉矶高等法院公布了一项初步禁令，奥贾尼·诺亚准备出书披露洛佩兹私生活的计划随之破产。

某个著名的网络事件里，另结新欢的丈夫，任由后妻开了博客，一边炫耀自己的幸福生活，从性爱姿势到物质的极大丰富，一边辱骂其前妻，择词用句不堪入目，终于激起众怒。而那位前妻，却还能保持平静，以优雅的文字在博客上说：“曾经和我生活在一起的男人，单纯善良，宅心仁厚。我们的爱情纯真美好，我相信他把他生命里最好的一段时光给了我！”

如果许仙离开了白娘子，另结新欢，并需要解释自己为什么离开了她，他大概也会站在金山寺门前，声泪俱下地控诉说：“我真傻，我怎么能想到，她是一条蛇呢？我怎么知道她是个妖精呢？端午节那天，她喝了几杯雄黄酒就去睡了，我掀开被子……我真傻。”至于断桥送伞、盗仙草、水漫金山，他和她度过的半冷半暖的秋天，他提都不会提。她是个妖精啊！再铿锵不过的理由。

男人为什么更多话？因为，男人比女人有发言权，这种发言权时刻激励他们多说点，即便公众其实并没有要男人做出解释的意思，男人也觉得自己有告白天下的义务，一定要昭告天下人，前妻、前女友是一条大白蛇、狐狸精、疯妇、拜金女郎，自己离开她，是正义离开了邪恶。《白蛇传》大概是一个夸张和扭曲了的男人想要离开女人并寻找理由的故事。

现代社会，做人的潜规则之一是，当前情前爱另有归宿时，要大方表示祝福。这听起来容易，但现实中，每个人总被自己的爱恨左右，很难做到。但如果不想祝福，不想装大度，有时候，保持缄默可能是最好的态度——因为自己也未必当真正确。许多男人都做不到，他们总急于为自己开脱，诋毁对方，这似乎是人的本能，更是有话语权的男人的本能。

看一个男人是不是高级，全看他在拥有话语权，并要为前情的湮没做出解释时，是选择沉默，还是选择开口，是选择赞美对方和承认人的感情确会日渐淡薄，还是选择将对方塑造成一个为人所不齿，必须加快步伐离开的疯妇。

如果身边不幸就有这样的男人女人，如果身边的这个他（她），就像许仙一样，正以惊惧的表情向你诉说："不能怪我呀！端午节那天，我掀开被子，我怎么能想到……"请即刻离开。

生死恋的后半场

去西藏的整趟行程中，他们都在吵架。

已经是8月份了，但高原上的油菜花才刚刚开放，大片大片的金黄，一直涂抹到天边，天空是那种内地难得见到的碧蓝，使我想起油画颜料中一种叫“钴蓝”的颜色，大朵大朵的白云，在赭红色的雄伟山冈上投下阴影，还有草原、湖泊、野花、羚羊，藏族人的石头屋子，这一切，都令我们无暇他顾，只是，每当我们举起相机，或者驻足观看的时候，他们的争吵声就细细碎碎地传来了。

吵架的是两口子，三十出头，初上车的时，听过他们的自我介绍，丈夫姓孟，妻子姓何，丈夫非常英俊，只是脸色始终非常阴郁，那妻子也曾经是个水灵人吧，但脸上的神色，多少有点寡薄，最让人浮想联翩的是，她少一只胳膊，而且是右胳膊，一条袖子空空地扎在腰间。

看得出来，两个人始终处在冷战状态，有争吵，但是还没到大肆声张的地步，只是那样低声地抱怨着、对抗着、龃龉着、互相讥讽着，让人不快，却也无法施以劝告。

旅行开始的第一天，就听见了他们争吵，那是在八廓街上，参观完布达拉宫，在一家饰品店里，我们各自买了些东西，小孟则买了一条绿松石的手链，从他把那条手链拿在手上把玩开始，小何就阴沉着脸，始终不发话，走出饰品店，小何发话了，明明是说给男的听，眼睛却看着别处："还是有手的女人好啊！可以戴手链！"接下来，是在一个藏族人家的花园前，团里的一位伙伴自告奋勇地表示，要给他们俩拍张合影，就在那位团员举起相机，并且热情地要他们亲热点的时候，突然间，微妙的一刹出现了，小何本来是站在小孟右边的，却突然走到小孟的左边去，把那条空荡荡的袖子隔在了他们中间，这么一来，小孟既没法挨她太近，也没法揽着她，两个人就那样僵僵地站着拍完了照片。

从林芝到雅鲁藏布大峡谷，再到南迦巴瓦峰，从巨柏树到羊八井，类似的情景一再上演，无论是在高原反应中，还是在林芝那种难以忍受的闷热里，那种低声的争吵和讥讽，总是像针一样刺到人耳边来，让旁观者也如坐针毡。

最后一天，看过天湖纳木错，我们去泡温泉。有人要泡室外的，有人要泡室内的，小孟就和我们一群男人泡在了一起，在星光下，有人递给他一罐啤酒，问了一句："怎么回事？"所有人都知道他问的是什么，小孟也知道，他毫不设防地，开始回答。

十年前，他们从学校毕业，刚开始恋爱，一个小雨天气，小孟骑着摩托载着小何上盘山公路去，年轻人，难得有个在爱人面前显示男子气概的地方，于是就把车开得飞快，听着小何惊呼不断，反而小小得意，根本不理会小何的劝阻。结果，一打滑，车就下了山。再醒来的时候，两个人都在医院里。

小何失去了一条胳膊，而他则昏迷了好多天，小何就每天去他病房跟他讲话，给他唱歌，两个月后，他醒来了，小孟说到这里，我突然想起来了，他们的事情上过报纸和电视，我说："原来……"小孟马上接过去："是的。"

小孟娶了小何。一开始，他也确实是真心的，所以，报纸电视台都一起来了，又是上《人间真情》的访谈，又是捐钱捐物，大家闹得兴兴哄哄的，折腾了有大半年，他们沉浸在这气氛里，逐渐也被自己感动了，等到这热闹劲过去了，他们两个人四目相对，才发现两个人要面对的问题还多着呢。她没了工作，成天在家里，不是不窝火的，逐渐失了本心，"要是那天你听我的话，把车骑慢点"成了她让他立刻沉默的法宝。时间长了，这句话也不管用了。他要养家，不得不多做一份工作，又要照顾她的饮食起居，也不是不窝火的，还不能够发火，因为他始终是理亏的，所以更加恼怒。

他们于是寄希望于各种形式上的改变，比如搬家，他们认为，搬到城里靠近风景区的那个新小区里就好了，结果，等他们搬进去，才发现一切照旧。他们认为，去一次西藏，接受一次圣洁的心灵之旅就好了，结果，等他们来到西藏，却发现于事无补，这已经是他们第三次来西藏了，看来萧伯纳的话是对的："人生有两个悲剧，一个是愿望没有实现，一个是愿望实现了。而后一个悲剧尤其是大悲剧。"

要是当初那场事故里，有一个死了呢？或者他从此再没醒来呢？那也许还好点，她（他）从此成了他（她）悔恨的记忆，越来越美丽，春天的风，秋天的月亮，都能让他们想起对方，然而没有，他们都活着，她成了他不得不承担的责任。

如果杰克和露丝没有在泰坦尼克号上生死别离，而是相对终老，大概也是这样的结局，就像凯特·温斯莱特和迪卡普里奥多年后再度携手演出的电影《革命之路》。

这才是凡人的爱情和生活吧，什么时候收手，什么时候放纵，都没个准。快乐短，生活里的龃龉却没个完，所以小说和电影里的爱情永远熠熠生辉，永远停在快乐洋溢、幸福最美满的那一刻。

第六章

经历过好爱情，你才知道爱应有的样子

给一段感情命名，那是上帝做的事

伊能静和秦昊结婚了，两个人忙着晒幸福、筹划将来，秦昊微博上亮出几张巴黎拍的照片，网友猜是在拍婚纱照。再早一点，他们携手亮相柏林影展的红地毯，并戴上了对戒，伊能静还在微博上说，2013 年，她终于“拥有从青春期就渴望却失去的正常感情”，并表示“我们都在通往幸福的路上，请一定勇敢前进”。看起来，一切都是圆满的模样。不过，在百度搜伊能静，后面紧跟着的，还是“伊能静比秦昊大几岁”和“姐弟恋”。他们被命名了。

前几天，还有一对爱人被命名了，她们是李银河和她的伴侣“大侠”，有人以非常夸张的口吻，说她们是拉拉，李银河不得不写文章进行澄清，并且告诉大家，“大侠”是一位 transsexual（社会性别和心理意义上的跨性别者），她们并不是人们想象中的蕾丝之恋。许多人认为，李银河这篇文章有点多余，她完全没有必要去跟大众进行辩解，但对李银河来说，这篇告白非常重要，是拉拉也没什么，但问题在于，是就是，不是就不是，“大侠”本就是以男性的心理状态和她相处，怎么就变成拉拉了？她们在否决人们给她们的错误命名。

人和人之间的感情，本不该有名字的。刘若英曾经说，两个人之间，能发生爱情，已经很不容易了，如果再加上性别的限定，就更加艰难。她的说法，可以扩展到爱情的一切领域去，爱情，是地球存在的四十六亿年时光里，一点微小的可能，一个不可思议的机缘，如果再被年龄、财富、种族、地域限定，这点可能性，恐怕就更加微弱了吧。所以，当爱情发生时，我们应该忘记它的属性，以及它在世俗世界中的位置，忘记的最好方法，就是不要给它一个名字。

因为，命名和自我命名，都是有副作用的。当一对恋人的感情被归类为“姐弟恋”“异国恋”，就说明，在人们看来，这是件不寻常的事，否则，怎么没有“男女恋”这样的命名？更何况，从统计数字来看，英国和日本等国家，女大男小的爱情模式都越来越普遍，它已经不是小众现象，它有益无害，它已经成为一种形态并不特别，完全可以忽略的生活模式，为什么要用一个名字将它隔离出来？

对于当事人来说，这种命名也是有害的，心理暗示。我有一对朋友，女方年龄稍大，他们于是很不幸地被归在了“姐弟恋”的类属里，这个分类严重地干扰到了他们的正常生活，当她想要撒娇的时候，当他们在外面应酬的时候，一想到自己是那个“姐”，她立刻就在心理上萎缩了，觉得自己既不应该表现娇柔，也不应该有所依赖。一段感情一旦被命名了，就等于把公共的看法引进了私生活领地，当你在卧室里想起姐弟恋，你似乎就被许多双眼睛盯着了。

而面对伊能静和秦昊的恋爱，看到这样的句子：“我们在夜晚散步谈天，即使好冷也不厌倦，他将我的手放在他的口袋里，他说，以后你就是沈阳人，我们的家就在北京。”我们怎么忍心去给它命名，并将这个名字下面的负面印象强加到他们身上？

爱就去爱，不要想自己的爱属于什么科目什么类别，是别人口中的

“× × 恋”，不要给自己的感情命名，也不要给别人的感情命名，给爱情命名，那是上帝做的事。

但你我都不是上帝。

挣脱黑茧，走出爱的独立行情

2015 年，吴绮莉在自己主持的电台节目《越界倾情》里，和搭档徐骏楠谈起自己的生活，并且表示：“决定生下女儿是有点任性。”

就在她认为自己“任性”的前一周，吴绮莉女儿的学校老师，发现女孩情绪不稳，经过询问后，得知吴绮莉曾经拍打女儿，立刻认为吴绮莉有虐女嫌疑，于是报警，但女儿随后表示，她之所以以被打理由报警，是担心母亲酗酒：“我需要找人帮助我妈妈，因为我帮不了她。”

而在她承认自己“任性”的十六年前，怀孕的吴绮莉上 TVB，接受郑裕玲采访，承认孩子的父亲是成龙，大方地说：“我一个人负责就行！……况且这次是意外，我没后悔！”而这十六年里，她和女儿是如何相处的呢？她和女儿相依为命，送女儿上贵族学校，无微不至地照顾女儿，女儿九岁前，每天由她抱着上厕所；女儿十五岁前，由她帮助穿校服。与此同时，她也带女儿在公开场合亮相，带女儿上《明报周刊》的封面，在每个事业的转折点，谈起女儿和她那个不会表态的父亲。总之，女儿一直在她的视野里，在她的双翼之下，或者说，在她生命的巨大阴影里。

但只要我们稍稍往前追溯一下，难免会发现，吴绮莉和女儿的关系，或许正是吴绮莉和她母亲郑黎明关系的复刻版。郑黎明是个女强人，曾在地产界任职，并积累下一定财富，但她的情感经历，也和吴绮莉类似，她是以单亲妈妈的身份抚养吴绮莉长大的。吴绮莉也只在十岁时，见过父亲一面，此后就与父亲断了联系，2011 年，她在网上发布消息寻找父亲："我爸叫吴一鹏，在美国，其实只想问个好，您还好吗？"

两代女人，重复着一个相似的故事，那么，疑问来了，这个故事，有没可能在第三代女人身上再度重复？

琼瑶写过一个题为《黑茧》的短篇小说，主人公是一位少妇，她的母亲，曾经陷入情感悲剧不能自拔，最终患上精神病，而女主人公最后发现，她母亲的悲剧，也将在她身上重演，两代人的命运迷局，就像一个"咬不破的黑茧"。

什么是命运？父母即命运，家庭即命运。命运不是附体的外星生物，更非上身的妖魔鬼怪，而是，八岁的时候，你在做作业，爸妈却凑了一桌麻将，洗牌声清脆地传到心里，引起莫名的激荡，从此每逢该用功的时候，父母那种微妙的快意的影子，促使你拿起了一本武侠小说或者启动了电脑游戏；是从小目睹父亲向母亲扬起拳头，虽然含泪上去喊叫"不要打我妈妈"，长大后却照样向伴侣扬起拳头。

有没有可能挣脱？一定有。清醒自觉的孩子，一旦意识到父母的生活不妥，虽然没有更好的样板可以效仿，但他们往往选择，让父母的生活成为反面样板，凡是他们会做的，自己就不做，凡是他们会选择的，自己一定要做出不同的选择。前提是，你一定要让自己成为那个清醒、自觉、勇敢的人，不论少年时代，还是成年之后。

这种命运，还有个补丁程序——经济的独立。追求经济独立的过程，会让一个人心无旁骛，也会让一个人开阔心胸和视野，会让一个人在大千世界里找到更多的行为模板，从而冲淡父母的影响。经济的独立，也让一个人有更多选择，选择更丰富的人生，即便有情感挫折，也不会让人生因此转向溃败。

悲剧代代重复的现象，往往发生在封闭的世界里，而在这个资讯发达的世界里，我们可以看到更多可能，这些可能性让我们勇敢，让我们懂得如何走出爱的独立行情，正如吴绮莉的女儿，会为了拯救母亲而报警，未来的某一天，她或许是家族故事的终结者。

亲爱的，若你不在我身边

杨子姗深夜公布婚讯，一句“嫁了，他叫吴中天”，落落大方，简单明快，但当我们细究他俩的感情时，却发现，这段感情并没有那么简单。

杨子姗和吴中天的恋情，始于2011年。他们当时都是香港星城娱乐公司的艺员，在公司聚会中见面，第一印象不错，于是有了后续发展。2013年，杨子姗因为《致我们终将逝去的青春》走红，她和吴中天一起看他主演的《甜蜜杀机》试片，被媒体拍到，恋情曝光，两年后，低调结婚。

杨子姗是在2008年签到香港星城娱乐的，这家公司，是影星杨紫琼和电影制片人张家振共同成立的，着重在港台发展。杨子姗签了星城之后，多半在台湾拍戏，经常能和吴中天在一起，但2012年，杨子姗签了北京普林赛斯文化传播公司，主演了《致我们终将逝去的青春》，从此把事业重心转向了内地，而吴中天却还是留在台湾。两个人的恋情，转眼变成了异地恋，需要克服的问题，突然变多，但他们最终通过了人性考验，修成正果。

之所以说他们的感情不简单，就是因为那三年的异地相处。江美琪有首歌叫《亲爱的你怎么不在我身边》：“电话再甜美/传真再安慰/

也不足以应付不能拥抱你的遥远”，是啊，“在一起”的核心，是在一起，虚幻的安慰，抵不过真实的相伴，哪怕这种相伴，不过是分享新鲜的空气、别致的景色，以及美味的小吃，哪怕这种相伴之中，有多少龃龉，相伴终归是有分量的，如果情爱是一座城堡，正是这种相伴给它添砖加瓦，所有那些皇皇大厦一般的感情，其实也是在相伴分享中建立起来的。

但现代社会的最主要特征，就是流动，生在此间的人，都难免四下漂流，为生计，为梦想，于是相伴被打断，在一起变成了相隔长山远水。如果双方还有决心维系这段情，就得设法度过分离时光，异地相处，再谋长远。而杨子姗和吴中天的异地相处中，就有许多可供借鉴之处。

先得坦荡点，昭告四方，自己不是单身。许多异地相处的人，因为决心不够，分离之后，常常怀着一丝杂念以单身面貌出现，给自己和别人许多机会。而杨子姗和吴中天虽然是明星，但确立关系之后，却从不隐瞒两人关系，杨子姗宣传《致我们终将逝去的青春》时，媒体问到她是否单身，她的回答都是有男朋友，不是单身，吴中天凭借自己执导的短片《四十三阶》在釜山电影节获奖时，也是公开感谢女友。有决心异地相处的人，至少要用这种方式，引入监督机制。

另外还得学习“异地相处”，异地和相处是矛盾的，但现代社会，科技发达，有许多办法可以帮助人们减轻距离的干扰。杨子姗和吴中天就是这样，每天都在 Facetime 上见面，或者开着 Facetime 睡觉。这种交流方式，一方面为的是递送各自生活的讯息；另一方面，也是信任的传达。和真实相伴比起来，因为多了点曲折，反而有更多的念想。

最后还得用真实相伴来调整节奏。见面有难度，不等于从此就不见，久久不见，感情的张力也就减弱了，所谓深情，其实也不过是一口空气，一旦松了劲，也就难以为继。所以，吴中天会在两人许久不见后，突然出现，杨子姗在吴中天打篮球受伤后，飞去台湾照料。懂得这个道理的人，也都会制造一切机会相处，例如王祖蓝谈起夫妻相处之道时说："我会跟着她一起拍戏啊，你看《老表，你好 hea！》她也有演，而且我们愿意夫妻档一起工作。夫妻档多好啊，又能赚钱又可以看到对方，这样最好。"

所有这一切，都取决于双方的决心，有共度人生的决心，才能顺利度过异地相处期，否则，分离不过是分手的预演，分离也不过是为了淡化分手的难堪。

也许你会，陪我看细水长流

每次看到香港电影金像奖的获奖名单，总会觉得，那张获奖名单，其实隐藏着两层褒奖，一层是针对他们的演技，另一层是针对他们的婚姻生活。

比如最近获奖的刘青云，他和郭蔼明，是经过时间验证的著名模范夫妻，相识二十三年，结婚十七年，没有生孩子，婚姻生活非常稳定，每隔一两年，他们就会携手出现在金像奖颁奖典礼上，因为刘青云先后被金像奖提名过十六次。所以，刘青云常常在自媒体上发布生活感悟，以至于让他的自媒体看上去像是某位情感专栏作家所写："最宝贵的东西不是你拥有的物质，而是陪伴在你身边的人。"

颁奖典礼上的模范夫妻，不止这一对。港台娱乐圈有句流行语这样说："影帝不是姓梁，就是叫家辉。"指的是梁朝伟、梁家辉、张家辉这三位，不论香港电影金像奖，还是台湾电影金马奖，他们总是最热门的影帝人选。而这一梁二家辉，都是娱乐圈的婚姻典范。例如张家辉，他和关咏荷于 1992 年相识，2003 年结婚，2006 年有了女儿。张家辉曾在接受访问的时候说，自己人生中最感安慰的事情是认识关咏荷，而谈到对夫妇俩打击最大的事，是关咏荷曾两度小产。总之，对他们来说，家庭生活里的事，才是最大的事。

把他们罗列在一起，似乎有刻意制造某种错觉的嫌疑，似乎金马奖、金像奖更愿意同时对演技和婚姻进行褒奖，最佳演员奖，似乎混合了道德的成分。但我们或许可以换个角度去理解这件事，也许正因为婚姻生活的稳定，家庭生活的幸福，他们才能心无旁骛地投身演艺事业，因为他们很少（不敢说从没）被绯闻和丑闻困扰，声誉比较稳定，形象风险比较小，他们的明星形象才能日渐扩张，才能获得制片方的青睐，获得比较多的演出机会，可以比较从容地磨炼演技，能够频繁地出现在金马奖和金像奖的提名名单里，也并不意外。

当然，再往深处看，能够经营起这样的婚姻生活，也说明了当事双方的情智，两个人得足够聪慧、有耐心、善于沟通、有反省精神，才能把婚姻生活维系得这样光润，有了这些优点，不管做什么，也总能做出点成就来。婚姻生活，也是一份事业，和别的事业相互映照。

不过，在这样一个时代，讨论婚姻（或者说，长期关系）的正面作用，已经有点底气不足了。首先，婚姻制度已经在崩塌，婚姻制度同时也是一种社会管理方式的观念，也已经开始在人群中普及，人们开始意识到，我们对婚姻的许多期望、许多约束和自我约束，都出自这种制度的设计，是制度植入的结果。更何况，网络给出了更多的社交和性爱可能，家庭的后勤保障和服务功能，也能通过别的渠道得到满足。失去边界的世界里，我们开始审视这种长期关系，甚至开始怀疑，那些长期关系，是出于本心，还是被制度洗脑的结果?

但两个人的关系，不只意味着身心的新鲜感，也不只意味着对物质资源的分享、占用，长期关系，其实也在提供一种精神资源，相伴不是社会制度的需要，而是一些人身心两方面的需要，尽管不是所有人的需要，至少，刘青云需要，郭蔼明需要。

这是娱乐圈那些长期伴侣存在的价值，没有制度约束，没有法律在一边虎视眈眈，总有一些人携手相伴，看细水长流，去消除无时无刻不在的荒凉感。

艺术与爱情，钟楚红的牛刀

女明星老了之后，境况到底怎样？为了弄明白这一点，人们想出许多办法，算房产，翻钱袋子，其实，或许还有更简单的办法，看脸。木心曾说："不再看文章了，看那写文章的人的脸和手，岂非省事得多。"说的是作家，也适用于许多人，一个人的半生际遇，其实都写在脸上。

钟楚红2014年在香港举办摄影展，展出50幅作品，随后又在台北举办"To Hong Kong with Love"慈善摄影展，同时登上时尚杂志封面，并传出新恋情。图像中的她，依旧明艳动人，尤其是眉梢眼角，多出一种温婉，眼睑垂垂的，带着几分慈悲，不笑也像是在笑。很好看，是很舒服很放心的好看，毕竟，她已经五十四岁了，夸张地赞美她和二十五岁一样，总是缺少说服力，何况，她已经在年轻时用五十六部电影尽情展示过自己的美了，赞美也是多余，这个年纪，美得舒服美得放心，是最好的。说出来的话，也和风丽日，在摄影展的自序里，她这么写："然而，香港必定是我的终点。因为此处有我的家人、工作，还有与我长久建立了深厚感情的人和事。这一切只有'爱'，可解释我对这里生于斯长于斯的联系。"

照片不会骗人，黎坚惠曾说，有些老去的女明星，在照片上的表现不对了："因为灵魂深处，有些部分掉了，或死了。"许多绝代佳人老去之后的样子，非常骇人，和衰老、整容和化妆无关，而是所经所遇开始挂相了，即便不用别人告诉你，她们常常要看心理医生，或者需要喝整瓶酒才能睡得着，只要她们露面，脸庞上细微的变化，也足够说明一切。

如果要寻找原因，大概和她的性格有关，她一向纯真烂漫，而且出于天然。杨凡的《杨凡时间》，写到刚出道的张曼玉与钟楚红，两人对镜头的态度大不相同，张曼玉严肃认真，钟楚红放松自然。她的经历里，几乎没有纠结、挣扎，银幕形象的突破、转型，都来得非常自然，感情生活也顺畅，1987 年认识朱家鼎，低调恋爱四年后结婚，随后宣布息影。

只有好性情，也还不够，要让生活平顺，还得着力经营大于生活的东西，宗教，艺术，爱情。在杨凡笔下，钟楚红喜欢逛美术馆，而且绝不走马观花，在每幅画前左右端详，远看近看，她逛美术馆和阅读英文《南华早报》的习惯，曾被“高等文化人士引为话题”——杨凡嘲讽的是他们对她的嘲讽。与此同时，她认识了朱家鼎，和他低调恋爱四年后结婚，并于 1994 年宣布息影。后来，她和他周游世界，与他的奶奶朱老太和睦相处，为他学习厨艺和园艺，从不懂厨艺到自称可以弄出满汉全席，他需要安静，她便把自己饲养的鹦鹉尽数送人，以至于有人说：“香港十对明星夫妻中，八对离婚，一对因习惯懒得离婚，唯一一对恩爱夫妻，就是红姑和朱家鼎。”尽管这幸福最后戛然而止，但那纯属偶然，纯因命运，而她的选择却是必然。

毕加索马蒂斯不会白看，一份正常的爱情，也不会白白消失，所有这些大于庸常生活的东西，总会铸造成一把隐形的牛刀，用来应对生活，该是绰绰有余。

用她作为一个样本，和同时代的女明星对照，她们生活里的挫败，也都显出了因由，她们少了一把牛刀，她们没能经营起大于生活的那些东西，就连年轻时的几段倾城之恋，因为没有这把牛刀的光芒予以映照，也多少有点仓皇。而正是那些大于生活的东西，决定了一个人在四十岁之后的脸是不是好看，在资财相近的情况下，是不是舒服和放心。

经历过好爱情，你才知道爱应有的样子

众多明星结婚生子的消息里，最让人感到欣慰的，是贾静雯生女的消息吧。贾静雯女儿生于2015年8月14日，小名叫咘咘，就在女儿出生前几天，贾静雯和女儿的爸爸修杰楷完成了结婚登记。女儿出生当天，修杰楷发微博表示："我的幸运已经转变成幸福，现在我会让你们也成为最幸福的母女，一辈子爱你们。"

贾静雯的幸福生活，之所以让人有特别多感慨，是因为之前的她，遇到的伤害太多。她十六岁时被星探发现，凭借一个广告出道，同年出演电视剧《佳家福》，三年后，跟着做生意的父亲到了内地，却突然遭遇厄运，父亲的生意失败，同时又被发现患有淋巴癌，不久之后去世。贾静雯疯狂接戏，以偿还父亲欠下的债务，终于用了五年时间还清债务，在那段时间里，她曾经创下两年接十六部戏的纪录。

2005年，她在生下女儿梧桐妹之后，和孙志浩结婚，婚后的生活并不愉快，丈夫家暴，醉酒飞车与女模特同游，但对于自小在荆棘中长大的她来说，这段婚姻来之不易，有夫有女的家庭生活，也让她万分珍惜，不到万不得已，她不肯打破苦心经营起来的一切。她于是不停地在媒体上掩饰他们婚姻生活中的矛盾，媒体报道他们吵架，她说"没这回事"，传出丈夫带着辣妹游玩的消息，她说"辣妹就是我本人"，丈夫

去台湾，住在饭店里，引发不和传言，她的反应是，“丈夫要办理公务，怕打扰贾母养病”。因为他们安家在上海，她放弃台湾的演艺事业，只接内地的戏。但终于有一天，她召开新闻发布会，承认自己的婚姻已经失败，并对丈夫隔空喊话：“请不要剥夺我做妈妈的权利。”

离婚和争女大战闹得沸沸扬扬，孙志浩要贾静雯归还所谓“原本就属于孙家的钱”，甚至要求她付出赡养费，并不断地放出不利于她的消息。最为严厉的指责是，当初他们要求她放下演艺圈事业，全家赴美过正常的家庭生活，她也曾做出允诺，要给孩子一个温暖的家，但“结婚四年，做妈妈的她，仅在孙家待了一个月”。整整两年时间里，人们在媒体上看到的贾静雯，都是一个模样，面容憔悴，穿黑衣，头发凌乱，眼中含泪，这段时间里，她也持续减产，几乎没有出演什么作品。直到 2010 年 7 月，他们才正式签字离婚，2011 年 1 月，又签下和解书，女儿梧桐妹归贾静雯。

这一切都让贾静雯的形象沉到谷底，要知道，在中国的婚姻纠纷中，女方总是处于不利地位，即便贾静雯并没什么过失，人们也很愿意相信，她起初就是为了贪慕富贵，才嫁到了孙家，加上她的艺人职业，人们也会惯性地认为，她一定没有留出太多时间和家人相处，才导致了这一切，尤其是争女大战期间的憔悴苦情形象，也损耗了她作为艺人的光芒。

但世事也自有公平之处，贾静雯在空窗四年之后，遇到了修杰楷。起初，人们并不看好他们，因为两人年龄相差九岁，修杰楷的肌肉男形象，又让人觉得他不靠谱，何况，两个人的演艺圈地位也有差距，贾静雯成名已久，又非常勤奋，收入十分可观，而修杰楷目前却只属二三线。但修杰楷的温柔细致，却让人渐渐忽略了所有差距。他和梧桐妹相处融洽，在贾静雯怀孕期间，每天给她做早饭，他们的幸福，修补了贾静雯此前的所有形象损耗。

即便不用财富的差别去衡量，人和人之间，也是有等级的吧，人的等级，是由身边的人映衬出来的，也是由身边人的爱作为支点撬起来的，好的人，好的爱，让人温润圆满，让人尊贵，让人平地升仙，经历过好的爱情，你才知道爱是什么，这种知道，让人平白多出一份对人世的信心，就像和修杰楷在一起的贾静雯。我们终其一生寻找的，也就是这样一个互相映衬、互相撬动的人吧，有无富贵均可，所有差距全可忽略。

好的爱情，是聪明的

看到别人的幸福，我们总是会寻找原因，但多数时候，我们找到的只是那些人云亦云的理由，而忽略更真实的缘由。比如，在看到黄磊和孙莉一家的幸福生活的时候。

他们相识于 1995 年，当时，黄磊在北京电影学院读研究生，孙莉刚刚考进北影，负责接待新生的黄磊，对孙莉一见钟情，几个月之后向她求爱。恋爱九年之后的 2004 年 3 月 8 日，他们领了结婚证，两个月后办了婚礼。2006 年 2 月 6 日，他们的女儿黄忆慈（多多）出生。2015 年，相识二十年的时候，他们去新西兰补过蜜月。

很多人都提到过他们相处的情形，各种赞美，各种羡慕，不过，最令人信服的，还是他们自己的描述。2010 年，他们作为嘉宾，在李静主持的《非常静距离》里亮相，讲述他们的婚姻生活。从他们透露的讯息看，他们的相处，并不是浪漫纷呈那种，而是一种恬淡。结婚证领得安安静静，之所以选在那一天，也是因为他们的朋友找人算了一把，说那天是个好日子。婚礼办得简简单单，没有拍婚纱，没有买大钻戒，更没弄车队，两人自己开车去婚礼现场。婚后生活自自然然，他们分开住，周末才聚在一起，平时都忙着拍戏。作为明星，这种生活似乎太简单太随性了，没有计划，没有印象控制，和我们印象中那些动辄举办盛大婚礼，时不时亮出童话般恩爱照的明星，简直不是一个世界里的人。

在这个时代里，两个人能恬淡地相处到二十年以上，总该有些不同凡响的地方吧。人们归结出来的原因，是他们郎才女貌、志同道合，尤其是2014年，黄磊带着多多参加了湖南卫视真人秀节目《爸爸去哪儿》第二季之后，人们似乎又找到了新的原因——人生赢家，似乎，是他们方方面面的顺畅，促进了他们的感情。

不过，在看了黄磊参加的另一档真人秀节目《极限挑战》之后，我们不难有新的发现，黄磊和孙莉之所以能够这样愉快地相处下去，不只因为相貌、事业、财富，还因为，他们都是非常聪明的人，水晶心肝玲珑剔透，非常注意生活的细节，能够体察到别人的情绪变化，对生活怀有好奇心，这恐怕才是一切的源头，是这种聪明，导向了事业、财富和家庭的和睦。

《极限挑战》里的黄磊，能凭借每个人的房间号，推测出他们的密码；能够凭借对别人的观察，推测出节目设定的抢夺目标；还能凭借节目组给的陌生人照片，猜出自己将要尝试的临时职业是出租车司机。场内场外的人，都被他的表现惊吓到了，以至于有观众怀疑，这是节目组和他串通好的，为的是塑造他的个人形象，但如果真是这样，别的明星能答应吗？要知道，一起亮相的也是大明星，都是真人秀节目争抢的资源，节目组犯不着为了一个人去得罪大伙。

黄磊后来解释了他为什么会有这样的表现，他喜欢围棋，从初一开始下围棋，数理化很好，又喜欢看侦探和推理小说……总而言之，在智商上有优势。女儿黄忆慈也继承了这种优势，九岁的时候，就开始用英文写剧本。

智商和情感生活，有没有关系呢？如果我们把智商，仅仅理解为记忆、逻辑、思维发散能力，那它不足以影响情感生活，但智商也是观察力、同理心、好奇心，以及了解自己的能力和情绪控制的能力，从这个角度看过去，智商其实就是情商，是情感能力里最重要的一环。

拍婚纱、送大钻戒、举办盛大婚礼、秀恩爱，和这种聪明比起来，都显得是那么形式主义，无法触及灵魂深处，就像太甜的糖，即便有营养，也显得浮夸，而那种无处不在的聪明，却理顺了生活的各个角落，给情爱充足了能量，让二十年的相处，也变得恬淡悠长。

好的爱情得是聪明的，好的爱人，首先得是聪明人，聪明的爱，让两个人在对方的生活里扎下根来，不断长出新的枝叶，向着更远处生长。

去爱吧，就像不曾受过伤一样

2016年3月，吴奇隆和刘诗诗终于在巴厘岛完婚，婚礼现场，鲜花簇拥，宛若仙境，伴郎团和伴娘团都星光熠熠，“小虎队”三人借着婚礼聚首，破除了不和传言，《步步惊心》中的几位格格或者宫女扮演者，前来担任伴娘，总之，婚礼满足了围观者的一切期待，花团锦簇，一团和气。

每逢娱乐圈婚礼，女方不论名气大小，都是当仁不让的主角，祝福的焦点，全在女方身上，娱乐圈婚礼，通常是女方的婚礼，而吴奇隆和刘诗诗的婚礼，却更像是吴奇隆的婚礼，吴奇隆更像是这一场人生盛典的主角。为什么？因为他历尽沧桑。

2011年，吴奇隆和刘诗诗主演的《步步惊心》播出，吴奇隆二度爆红，当人们对他的情感生活表示关心时，得到的回答却是：“感情真的没空想，但要当爸爸不难。”媒体的解读是，他不排斥找代理孕母为他生个“小霹雳虎”。还好还好，三年后，吴奇隆和刘诗诗主演的《步步惊情》播出时，他们即将结婚的消息却开始流传。

2011年的吴奇隆那一番满怀沧桑的讲述，瞬间让人联想起吴奇隆的全部人生故事。从20岁开始，帮助借了高利贷的父亲还债，直到2002年才还清；为了还债，拼命接戏，曾有过7天7夜不睡的经历；得病做手术，伤口还没好，就赶回香港拍戏，在房间换药，弄得床单上都是血。知道这个背景，也就理解了他和蔡少芬各自的恋情，“演艺圈里替家人还债的明星”榜单上，两个人都赫然在列。婚变之后，他慷慨分家，不出恶言。所以，在吴奇隆再度爆红之后，一个在网络流传的长帖题目是“吴奇隆的杯具人生”。

一个人在心理上的创痛期，有这样的想法，并不意外。2004 年，演员吴若甫遭遇了一次绑架，在绑架他的劫匪都被宣判之后，他在接受采访时，发布了独身宣言，说自己已经习惯了独身的生活，已经看淡了感情，“无儿无女，无牵无挂”，而且，他更习惯戏里的人生，认为戏里的人生更精彩，再也不想改变，并决定就这样生活下去，甚至还抱着戏里扮演他女儿的童星对记者说：“戏里有女万事足。其他时候，就这样吧，一个人，潇洒走四方！”

面对这些经历过创痛的人，人们也怀有疑问，他们还能爱吗？还有爱的能力吗？和人相处、和人相爱，需要精力，也需要爱的能量，在长期的劳累之后，在一场戏又一场戏的奔波后，在用自己最好的年华还债之后，他还有没有精力和心力去爱呢？

毕竟，爱的能力是一缸水，每一次，我们都以为自己倾尽全部，其实还只是舀出了二分之一，下一次，是剩下二分之一的二分之一，每次都是二分之一，意义完全不一样，直到最后，二分之一的 N 次方，已经无限接近于零。有的人，或许在舀了二次方的时候，就找到了自己要的，有的人，或许在舀了 N 次方以后，都没找到自己要的。这与相貌财富，身家地位，全无关系。

但显然，从这种创痛里走出，重拾对人世的一份相信，也不是没有可能。在发表独身宣言之后两年，吴若甫与舞蹈演员刘莎低调结婚。

也是在用“当爸爸不难”说明了自己的情感态度之后两年，吴奇隆开始展露他的蜜意柔情。人生的机遇真是很难说，说遇到，也许就遇到了，此前的颓废心声，也是时候该被忘却了。

艾佛列德·德索萨的诗句，特别适合送给此刻的吴奇隆：“去爱吧，就像不曾受过伤一样。跳舞吧，像没有人会欣赏一样。去唱吧，像没有人会聆听一样。工作吧，像是不需要金钱一样。去飞吧，像没有束缚的风一样。”

伟大的爱情，或许是一座牢笼

看到任家萱（Selina）和张承中离婚的消息后，我想，如果他们不是公众人物，他们的感情，是否会走到今天这一步?

他们或许不会结婚，即便结婚，也有可能早早离婚了。在他们过往的采访里，有太多蛛丝马迹，他们的兴趣完全不一致，一个喜欢旅游，另一个是工作狂；一个喜欢综艺，另一个热爱篮球；一个喜欢狗，另一个看到狗都要绕道走。而在任家萱烧伤之后，他们的生活里，出现了许多现实的问题，例如生育问题，就被无限期延后了。事实上，他们的感情到底有多深，其实也很难说，当初，张承中谈到自己看到任家萱烧伤的腿的照片时，是这么说的:“第一次看到她伤后的腿，真的想吐，连 IPAD 掉路边都没察觉，根本不像人的腿！”后来又这么说给任家萱换药的经历:“换药时的哀号会让人做噩梦。”完全是描述“他人”的语气。

这也没问题，这是他的真实感受，换个人在那个位置，恐怕也会有同样的感受，区别只在于说出来和没说出来而已，这没什么好指责的。这也是他们真实的相处情形，未必一定要理出个责任人来进行审判。

但他们是公众人物，尤其还是女方受了伤，这就决定了，在众目睽睽下，他们的感情，必须要有一个让群众喜闻乐见的走向。2010 年，任家萱被烧伤，2011 年，他们结婚。由于媒体在任家萱受伤后，努力渲染张承中的不离不弃，这个婚礼成为当年的明星婚潮中，最没有悬念的一个婚礼，不但众多明星到场祝贺，连马英九都到场证婚，她获得了政界人物的支持，成了一种正面的精神资源。2013 年，有家台湾出版社把任家萱的故事画成励志漫画，书名叫《浴火重生的歌手》，那本书还被选为中小学生课外读物及教材。人们一直在上穷碧落下黄泉地寻找伟大完美的爱情，总算找到了一对有可能培育、塑造的种子选手，怎能不喜？不管他们愿意不愿意，他们都必须伟大起来。

所有这些，都让他们的感情处于一种非常态的环境之下，受伤的任家萱，需要被人照顾，张承中的照顾必然让她感动，他们的相伴相依，成了全社会的精神资源，他们又被自己感动了。婚礼势在必行，让这段婚姻持续下去，也成了他们在这种非常态环境下的共同决心。他们婚前的拉锯，婚后的种种进退，都显示着这条心迹。或许，他们还有较为善良的想法——没准，结了婚，以夫妻的方式相处，慢慢磨合，所有的问题都会迎刃而解了。许许多多夫妻，不都是这么过来的吗？通过善意的包容，通过持久的磨合，最终在对方的生活里扎根。

但这种万众欢呼、落泪、鼓掌的非常态环境，迟早会退却，生活中的不和谐却会渐渐浮出水面，本就不算牢固的感情基础也逐渐消失，这份决心就开始摇摇欲坠了。但他们显然还抱有一线希望，所以在五年之后才分开。

麦当娜曾经执导过一部电影，取材自英国国王爱德华八世和沃丽斯·辛普森的爱情故事，名叫《倾国之恋》(*W.E.*)，电影中，沃丽斯·辛普森知道国王以爱情之名放弃了一切之后，扑倒在床上哭了起来。根据后世的资料，这位国王之所以退位，原因很复杂，甚至有可能是因为他的亲纳粹倾向，但在当时的局面下，能拿得出来讲的，恐怕只有爱情了。骤然成了一桩伟大爱情的受益人，同时成了一个千夫所指的对象，为这么一份沉重的爱情负责，不能反悔、移情，完全没有退路，换成谁，恐怕都得扑倒在床上痛哭吧。电影里还设置了一个生活在今天的纽约女子，她和许多女孩一样，被这段“不爱江山爱美人”的故事迷住了，疯狂搜集沃丽斯·辛普森的资料，不停地去参观沃丽斯的遗物拍卖会。但她在沃丽斯留下的文字里，读出的却是旷日持久的纠结和折磨。网友“艾达与英曼”这么概括这部电影表达的意味：“他们被囚禁在‘世间最伟大的爱情’这座森严监狱里，不得不‘幸福’下去，这是最严酷的惩罚。”

任家萱和张承中，因为他们的感情受益（包括感情本身带给他们的愉悦，也包括这段感情对他们形象的提升），也被他们的感情禁锢，当他们主动或者被动地走进这段“伟大爱情”时，如同签下了一份协议，走进了一个森严监狱，这个监狱位于万众瞩目的位置上，接受无微不至的监控，这个监狱不但对他们是否在一起有要求，还对他们在一起后的生活细节也有要求，稍有不妥就会被人们指责。平凡夫妻生活中的龃龉，发生在他们的婚姻情境里，就会被放大成背叛和离弃，平凡夫妻稍有移情，会被人原谅，如果轮到他们，就会遭到最严厉的审判。总之，在人们的监督、调度下，他们生活里的一切，都要符合“伟大爱情”的调性、规则。就连人们对他们离婚的评价，也和别的离婚夫妻不一样，完全是从“违背伟大爱情协议”的角度出发的，例如，人们是不会对一个离婚的女明星发出“坚强勇敢”的赞美的，但对任家萱，人们却如此这般唏嘘感叹。

他们终于抛开“伟大爱情”的光芒，仅仅因为生活步调的不一致离婚了，是解脱，也是新生活的开始。但人们对“伟大爱情”的期盼，必然不会散去，人们必然在翘首盼望下一个，以及下下一个爱情故事，以便实现他们在平凡生活里实现不了的愿望。

八百万种情感

“你有病吗？”刘嘉玲发微博，疑似回应出柜传闻。

事发于2015年6月，她逛街，某女性友人陪同，她在家中待客，某女性友人出席，这些就成了出柜证据，只因为这位女性友人装扮十分中性，此前有过同性恋传闻。其实，用“中性”描述一位女性，多少有点不妥当，那是在顺应刻板的性别分野和性别印象，把男性规定的气质纬度，当作唯一的衡量标准，不得已使用，只是为了方便理解。未来某天，这种词语，终归会被弃置不用的吧。

重点是，这种场景背后隐藏的看法。同志，不论男性还是女性，似乎都是欲望病毒携带者，随时随地就要发作，相处五分钟就会被传染。跟异性友人逛街、待客，未必是亲密关系的证据，但跟疑似同性恋的友人相处，立刻就被传染了这种欲望病毒。不论男女明星，跟出柜未出柜的同性恋友人相处，“断背”传闻立刻上场，危险程度，远远超过SARS病毒。对于刘嘉玲来说，那位女士，就是朋友，是闺蜜，对别的有心人来说，就必然是更进一步的亲密关系。难怪网友在这条新闻后面评论说：“还能不能跟闺蜜愉快地逛街了？”还能不能？

我们对他人关系的想象，其实十分简陋刻板，就在有限度的几种关系模式里兜兜转转。一座城市，有八百万人，就有八百万种死法，也有八百万种情感。一个人和另一个人的关系，未必就是“搞过”“没搞过”“待搞”这几种，而是更为复杂，别说五十种灰度，恐怕五百种灰度都难以概括，每一种都千头万绪，没法准确描述。过去，人们猜想刘嘉玲和梁朝伟的共同生活，现在，人们猜想刘嘉玲和女性友人的相处，她们出于什么样的需要在一起？请发挥你天马行空的想象，可能有阴谋，可能有阳谋，可能有财产纠葛，可能，她们是萨特和西蒙·波伏娃的忠实信徒，甚至……可能是一桩人鬼恋，背后有一个千年树妖姥姥在操纵一切。一切皆有可能。

不过，即便是这样一件天降横祸般的绯闻里，也有光明的一面。出柜新闻出现后，有网友爆料说，他五年前在欧洲旅游时，就曾见到刘嘉玲和这位女性友人在一起旅行，就是说，不管她们是什么关系，至少五年前就开始交往了。即便网友所言为虚，她们交往的时间，也一定不会太短，的确，要能和一个人交往到登堂入室的地步，总得五年以上的时间。但身为聚光灯下的人，在这眼线密布的娱乐圈，她们的所谓绯闻，竟然拖延了五年或者更久才暴露在人们面前，这至少能说明，刘嘉玲有一群挺高贵的友人。

高贵在哪里？不管刘嘉玲和她的女性友人是什么关系，这种交往都是有讲述价值的，她们一起逛街，她们共同招待宾客，别的友人应该早就看在眼里，而他们竟然没有妄加猜测，没有给媒体爆料，更没有偷偷用手机拍几张照片，发到社交网络上任由流传。见过世面是一方面，另一方面，还是因为，他们从身到心都是文明世界里的人。

这才是这个新闻里，最值得讨论的地方。

爱不爱，和红不红有什么关系？

陈伟霆和蔡卓妍，在 2015 年 9 月的某个凌晨发出内容相同的长微博，宣布分手，而且是“以最和平的方式分开”，对分手的原因，他们用这种方式做了表述：“只怪自己的内心原来并不像外表般坚强，我们的爱也不像自己想象中坚固”，并且希望“大家可以停止伤害，停止对我们作品以外的关心，停止永无止境的猜测和抹黑”。

当事人的表现比较冷静，但双方粉丝却异常激动，都指责对方拿恋情炒作，男方的粉丝，认为女方现阶段没有男方红，两人根本不搭；女方的粉丝，认为男方在女方这边借力颇多，走红之后就把她甩掉。总之，在人们看来，核心的问题，在于两人娱乐圈地位的差异，一个红，一个红过；一个赶上了内地娱乐业的鲜肉热潮，而另一个的表现比较平淡。

2010 年，他们宣布恋情时，也不被看好，而不看好的原因，也是两个人的娱乐圈地位，只不过位置刚好相反。当时的蔡卓妍，正处在事业巅峰，作为亚洲知名女子组合，Twins 在近十年的发展后，演艺地位比较稳固，正从音乐界向着影视界进军，尤其是蔡卓妍，在 2007 年演了《戏王之王》，凭借在这部电影里扮演的三级女星角色，获得香港电影金像奖提名，此后两年又成为香港“最强广告人气天后”。2008 年，Twins

的另一位成员钟欣桐因不雅照事件遭受重创，这件事反而促成了蔡卓妍的人气上涨，英皇公司不能让堆积在 Twins 组合身上的努力功亏一篑，力保蔡卓妍，把许多资源都向她倾斜，2010 年前后的蔡卓妍，的确是风生水起。

也就是在这个时候，郑中基与蔡卓妍宣布离婚，人们这才知道，他们早在 2006 年，就已去美国注册结婚，此后隐婚四年，但离婚并没有影响两人的人气，倒是他们为婚恋所做的保密工作，惊到了整个娱乐圈。半年后，蔡卓妍和陈伟霆公开承认恋情，并先后发表微博："这两天用了自己很多很多的勇气……虽然我现在的勇气只剩一碗，但我会继续为自己打气……""放心！我会把肩膀练得强壮，背负更大的重量，使我们每步也走得轻一点。"显然，他们也知道外界如何看待他们的恋情，他们是"姐弟恋"，演艺圈地位不一样，又是在蔡卓妍刚刚离婚后，非议一定不会少，尤其是红和不红的配对，对价值观保守的香港人看来，是天大的事，所以，他们特意强调自己很有勇气。五年后，他们分手时，情形反转，但让所有人耿耿于怀的，貌似还是红与不红。

爱不爱，和红不红有关系吗？红不红，果真是压力的来源吗？显然不是这样，人和人的地位，不可能完全对等，境况不可能完全一样，要是用红和不红、资财名利的状况精确地进行配对，这世界上恐怕没有人能够完全相配。所以，即便在娱乐圈这样一个跟红顶白的大名利场里，我们也可以看到那么多地位、年龄、颜值不相配的伴侣，他们还不是好好地在一起，扛过了各种压力测试，也抵挡住了各种诱惑。

陈伟霆和蔡卓妍之所以分开，不是因为红或者不红，他们能够在蔡卓妍离婚仅仅半年后，顶着压力公开恋情，也不是为了炒作 CP（情侣档），而是因为，他们的性格都是冷峻务实那一类，蔡卓妍看似甜美，实则独立好强，这两个人总是欠缺那么一点 CP 感。

在公开恋情后，两个人没有给外界看到情侣间的甜蜜恩爱，所以，在他们公开恋情之后仅仅三个月，媒体就开始唱衰他们，坊间也隔三岔五宣布他们已经分手，他们的五年恋情，基本是在宣布自己没有分手、驳斥分手的传言中度过的。2011 年 2 月，“陈伟霆坚信兔年不分手”；2011 年 7 月，“陈伟霆否认和阿 Sa 分手，自爆经常和女友打电话”；2012 年，陈伟霆淡定回应：“大家不用担心，我们很好”；2015 年，“阿 Sa 否认与陈伟霆情变”。但是，只是回应、否认，有什么用呢？如果他们的恋情是一出电视剧的剧本，制片人看了剧本一定大怒：“细节，细节呢？”

所以，问题不在于红或者不红，而在于他们的恋情，少了一点柔软，少了一些细节，少了一些相处，终于，在陈伟霆凭《古剑奇谭》走红之后，两个人境况的变化，放大了恋情基座上的问题。人们看不见这些问题，也不可能看见这些问题，就只有用看见的原因，例如红与不红，来解释他们的分手。

归根到底，我们相信的，还是我们愿意相信的东西，我们相信的，也是我们能够相信的东西，如果我们相信爱，爱不爱和红不红之间就没有关系，如果我们不相信爱，爱不爱和红不红之间，就有了深刻的关系。

犹豫是心灵的鬼打墙

郑秀文和许志安在 2011 年高调宣布复合之后，人们都在等着他们宣布婚讯，两年后的 2013 年秋天，这个消息露了一下头，却迅疾没了下文。直到 2015 年，他们宣布结婚。

回顾郑许两人的情路，那真是一条辛苦月色路。郑秀文生于 1972 年，1988 年，参加新秀歌唱大赛，凭借一首翻唱自叶倩文的歌，赢得季军，以及华星唱片的合约。此后十年，她在歌坛起起伏伏，凭借独特个性，逐渐走红。但她真正成为一线，却是在 2000 年后，从电影《孤男寡女》和《夏日的么么茶》开始，她演了许多港女角色，她们利落中有细腻，豪爽中有精明，对爱情有深切的渴望，表现出来，却是一副大大咧咧的模样。这些形象，让她成为顶级明星，也足以让她进入影史。

她现实中的感情，却没有这么利落，她和许志安的情史，颤颤巍巍地行进了二十多年，一张时间表让人叹为观止：1989 年，相识；1991 年，恋爱；1995 年，分手；1996 年，许志安开个人演唱会，郑秀文带病站台；1997 年，各有新欢；1998 年，郑秀文称随时结婚；2001 年，重修旧好；2002 年，发表“厨房宣言”，年尾再传分手；2003 年，复合；2004 年，许志安宣布分手……2011 年 3 月 3 日，两人共享下午茶；2011 年 3 月 7 日，许志安承认复合，当晚 23 点 37 分，郑秀文发表复合声明；两年后，婚讯出现，却没了后续，随后传出他们同居生活还算和谐的消息，算作告慰众生；又两年后，他们结婚。

这是一个被“犹豫”拖累的人生。在别的明星身上，我们也常常可以看见“犹豫”施虐的痕迹，面对选择时的纠结又是怎样损耗了他们的人生。女歌手 S，十年时间里，几次退隐几次复出，明星情侣 W 和 H 在十年时间里几分几合。每一次复出，每一次聚合，声势已经大不如前。发生在情感和工作上的犹豫，像是一种心灵上的鬼打墙，让人左思右想，把生活的节奏变得哽咽滞涩，消耗了精力，损耗了能量，进一，却退二。

犹豫的原因，有很多种，显而易见的一种是，面前的选择都非你所想非你所愿，还有什么地方让人遗憾。那种遗憾，甚至是理智都无法觉察的，而身体和心灵却告诉你，这一次，你没能得偿所愿，所以用犹豫做出缓冲。

朋友的父亲，曾这样描述自己的消费观：“正因为我们穷，所以我们才要买好东西，因为我们的钱和时间都经不起浪费。”买东西就要买好的，避免以后的反复和升级需求。感情领域，也一样。因为大龄，所以更要选好的，因为没时间可浪费了；因为房子贵，更要选自己满意的，因为经不起婚姻波折来消耗我们的财产。

让我们犹豫的情感，一定是在某些地方让人遗憾的，但我们常常不肯尊重自己的需求，努力削足适履，让自己就范。犹豫就在此时发生，发生在你打压自己的需求，贬低自己的需要，让自己在次一等的选择中摇摆的时候，这种摇摆貌似理性，但从另一个角度看，却是最不理性的，它增加了选择的时间，以及后悔的成本。

犹豫是人生常态，但如果犹豫常常发生，程度严重，就要考虑精神疾患的可能。有个朋友是艺术家，声名最盛的时候，奇怪地从公众面前消失了，再见到她时，我突然明白了她消失的原因，她为各种极小的事犹豫，比如要不要接活动，出门要不要中转，决定了之后还要不停反复，那是抑郁症的经典表现。

爱是我们最重要的历史

2008 年，郑秀文被某周刊偷拍到与一位中年男士到酒店喝下午茶及一同回家，媒体认为这是郑秀文的新恋情，她的经纪人郭启华说那位男士并非郑秀文现任男友，而是《长恨歌》编剧杨智深，没人信，直到许志安说“这个新闻 99.99% 是假的”，才算盖棺论定。

前情人照例是最了解我们的那个人，是最应当为我们负责的那个人。假若我们身上贴着出厂商标的话，那一定是前情前爱，出了质量问题、使用事故，还是要追问到前情前爱身上，尽管郑秀文接受有线电视访问，被问到心目中最重要的五位男士时，郑秀文只说了父亲和弟弟，不愿说出其他三位男士，更没提到许志安。消息反馈到许志安那里，他大方地说：“我生命中五个重要的女人一定有她。”

“5”真是个特别的数字，手指头是 5 个，太空战士通常是 5 个，5 个扑水的少年，5 个女人和一条绳子，双数过于圆润，单数反而有种尖锐的稳定，一生中的重要经历、重要人物，一两个太少，八九个太多，5 个真正刚好，一只手已经数完，既不显得自视矜贵，又显得并无遗漏，非常圆满。

一生中最重要的五个人，理论上，家人当然要占据一席之地的。好比郑秀文，与家人的感情也非同寻常，遇到心事，一定要和她的三姐聊天。跟弟弟的感情简直像是爱情，两人书信往来：“返家见到他的回信，那种温暖，我真不懂得形容。看着信，我的手颤抖得很厉害，就如做戏一样，跟着我躲在厕所内哭了很久很久。我会不惜一切去帮助这个弟弟，使他成功。我想我下一世也找不到一个可使我完全付出的弟弟。”

家人确是我们最重要的出品人，但一旦落地，我们其实就被交给了别人。五个最重要的男人、女人里，家人只有理论上的重要性，虽然位置还是要留的，但当真最了解我们，洞悉了我们全部灵魂和肉体秘密的，还是那些亲密的伴侣。《我的爸爸罗丹》《我的哥哥塞林格》《我的弟弟毕加索》这样的书，一定没有号召力，一定得是《我的情人塞林格》才有说服力。名人生平拍电影，通常只剩一段情史，编剧只在情人的回忆录里寻章摘句——也难怪，肉体灵魂一起袒露的时刻，恐怕才最接近真实。

所以，不论愿意不愿意，承认不承认，一生最重要的五个人里，总要留出一个位置（或者两个或者全部五个）给曾经的或现在的伴侣，郑秀文没有说出的那三个人里，一定有许志安，自多少年前，许志安成为郑秀文师兄那刻起，自他在她 20 岁生日那天吻她那刻起，自他们在或者简陋或者奢华的舞台上（那真是最孤独的时刻）相互打气那时起，他们就已经成为彼此最重要的五个人之一了。

终于，2015 年 4 月，造型师兼艺人许愿发微博，宣布了郑秀文和许志安的婚事：“这么多年我看到你们的努力打拼，分分合合，各自发亮。今天当郑秀文告诉我说‘你可以叫我许太了’，我真心为你们高兴，愿你们执子之手，与子偕老。”他们成为彼此的“五个人”之一，而且毋庸置疑，说或者不说，都在那里。

是啊，无论如何，无论承认与否，爱都是我们最重要的历史，甚至有可能是唯一的历史，愿或者不愿，都是如此。

事业和婚恋，哪个是你的优势？

明星婚恋事件里，我一直关注 H 的婚变，首先，因为这件事拖了很久，已经到了让人不得不注意的地步；其次，一件事拖的时间足够长，就会折射出越来越多的世道人心。

印象最深的一篇报道，是媒体对她身世的探查。那时，她的前夫刚刚开始爆料，媒体寻访了她从前的街坊邻居，想给她的性格勾勒出一个轮廓。她的邻居说，她从小就是男孩子性格，“脾气暴躁，有时候会因为贪玩晚归被锁在门外，邻居们会听到她与奶奶高声争执”，他们认为，她这么厉害，不会被家暴。这些评价，都是和她婚变直接挂钩的，是她的婚变，影响了人们看她的方式。

苏珊·桑塔格在《疾病的隐喻》中说：“疾病被当作修辞手法或者隐喻加以使用。”她说，患病并非出于当事人自愿和主动，却常常被人和生活没有节律、暴饮暴食、性情抑郁联系起来。婚变也是如此，其中饱含隐喻，H 所经历的那场婚变，最终就演变为对当事人品质的批判，甚至牵连到了童年往事。

尽管，婚姻是非常复杂的化学反应，婚前能够愉快相处，不能为婚后做出同样的担保，性情良善的人，在婚后某种情境的包围下，很可能失去本心。把婚变当作个人品质的隐喻，并带着这种隐喻，去注解此前此后的一切事务，很可能过于粗暴。

如果H遇到的不是婚变，而是一桩天大喜事，此时此刻，我们也大可找到佐证，证明她人品不错。同样是男孩子脾气，可以理解为时髦的“女汉子”，何况，她的履历里，还有那么多正面的事迹，玩摩托车、滑雪、射击、滑翔伞，只看我们是否愿意看见，是否愿意利用。但因为她陷入了一场近乎狗血的婚变事件，所有可以得到负面解释的人和事，都追加了上来。

每个人都有自己的优势，有人善于处理婚姻情感，有人善于打理事业，而她很可能更适合埋头于演艺生涯。她的起点不可谓不高，后来所获得的机遇，也都堪称难得，所以她也有底气在电视剧行业腾飞冲天之时，公开宣布不再接拍电视剧，专心演电影。有人说，如果她专心事业，在电视剧领域发展，现在的成就，也许不比孙俪逊色。

但她却发力经营婚姻情感，向着另一个评价体系切换，那个评价体系，也许并不适合她。她也被这个形象拖累，让事业走进了低谷。

天涯上有个著名的长帖，叫“来扒一扒那些孤独终老的名人”，里面尽是改变人类生活的科学家、政治家，以及改变人类精神生活的作家、音乐家，但在情感生活领域，他们却一片荒芜。是啊，生活里有许多体系，只看你选择靠向哪一个，他们选择的是自己更占优势的那个，在那里，他们风生水起、得到认同、有枝可依，并从此放弃了自己并无优势的那一个，没有被人当作浪荡女、负心人去围观和理解，事实证明，他们是对的。

事业和婚姻，都只是人生的一部分，没有什么法律规定，人必须要全力经营事业，或者投身婚姻，尤其现代社会，婚姻已经不是必需品了，在这种情况下，全看当事人自己做出决定，是要向着婚姻倾斜，还是向着事业倾斜，前提是，你得做出判断，自己在哪个领地，更具有优势，并且向着优势领地靠近。

最深沉的高贵是缄默

两年前，一位女星发了篇动人的微博，我们于是知道了，她和丈夫的生活曾经出现过很大动荡，她的丈夫转发了微博，并对自己的妻子表示了赞美。显然，张爱玲的说法适用于任何时代——“太太万岁”，她们红红白白，撑起家庭的里子面子，有功劳有苦劳，尤其是在这样一场劫难过后，丈夫更要表达对妻子的无上景仰。

不过，将那么多的隐私细节公之于众，是否有必要，这种公开，实在值得商榷。就像李敖回忆胡因梦，陈国军回忆刘晓庆，张勇回忆毛阿敏，奥贾尼·诺亚回忆詹妮弗·洛佩兹。还有罗兆辉，对经手的女人评头论足，这个腿如何，那个胸怎样。令人瞠目结舌的，是那些过于生动的生活细节。这些细节的效果，就像米兰·昆德拉小说《不朽》里写的那样，当贝蒂娜在魏玛的客厅里宣称：“大红肠发疯了，还咬了我”，“大红肠”这个称呼，就牢牢地标记在了另外那个人身上，再也无法挣脱，数百年之后，人们似乎都能听到现场的笑声。当那些名人的另一半开始回忆，开始诉说他们生活里的细节，那些细节就嵌入了他们曾经爱人的形象之中。

许多明星都无法避免这种言说，因为全世界都在把话筒递给他们，诱导、鼓励、赞美他们的言说。布拉德·皮特曾在 *Parade* 杂志中谈起詹妮弗·安妮斯顿和安吉丽娜·朱莉，说自己和安妮斯顿的生活很无趣，又盛赞安吉丽娜·朱莉，说和她在一起是自己做得最聪明的事。这番话一经公开，立刻引起轩然大波，直到布拉德·皮特公开道歉。

是因为言说的方式不对吗？不，或许言说本身就是错误的。2012年，郑伊健的前女友黎芷珊主持的TVB访谈节目《最佳男主角》热播，人们一直在等待，看什么时候轮到郑伊健，终于，她访问了郑伊健。面对前情，郑伊健畅谈自己和邵美琪、梁咏琪及蒙嘉慧的恋情，并称跟邵美琪是“一次失手”，认为自己跟蒙嘉慧会结婚，“觉得是她就是她了”。采访一出，引起轩然大波，某报的报道标题是这样的：“在前前前女友面前谈前女友和前前女友，呃，这样好吗？”网友评论：“毒舌谈论前女友本身就是一宗罪！”网友花花菜更进一步：“谈论前女友，本身就是一宗罪！”

亲密关系中的言说，永远是无法得体的。没人能明确地预知言说的后果，控制言说的去向，而每一字每一句，只要是亲密关系中的一方说出，都是最无法翻供的呈堂铁证。谈论，本身就是错失。

所以，所谓爱，或许就是放弃言说的冲动，哪怕说的是爱，以爱的方式。最深沉的高贵，无非缄默。

单向的爱情不过是一场海市蜃楼

歌手黄义达曾经深爱过一个女子，两人的纠缠，前前后后长达七年之久。

他当时 23 岁，在朋友的生日聚会上和她邂逅，而她是富家女，比他小两岁。他初见她，简直如同但丁初见贝阿特丽采，惊为天人的震撼持续了很久，他试图跨越身份、地位、外貌等鸿沟与她恋爱，但他心中的女神却始终对他若即若离，一直在和别人交往，还对他嚷："你根本养不起我！"苦恋中的一切疯狂举动，他都有，等待，追寻，在见证了当日甜蜜情状的地方整日流连，重逢，分手，撕掉从前的东西，俗不可耐的言情故事的桥段，一样也不缺。最后他终于出头，约她吃饭，她吃到一半，停住杯箸，笑着对他说："可以帮我个忙吗？你现在站到马路上让车撞死，死得越快越好。"

他说，他在那一刻才醒悟，他身边早有爱，来自亲人朋友，只是一直被他忽略，他苦心经营的，是一段早就不会有回应的感情。

想起很早时候徐小明导演的一部动作片，于荣光演的探险家在海市蜃楼中窥见一个异域女子的美貌，不顾一切要找到她，为此历尽千辛万苦，许多次劫难，许多人死去，甚至他的朋友也终于死在他眼前。最后他终于找到她，掀开了她的面纱，看到了朝思暮想的那张脸，才知道她是一个嗜血的女匪首。

黄义达的女友并非女匪首，但两件事无疑有相通之处：当事人都陷在自己盲目的情欲里，越遇挫折越是蓬勃，只有当所有的欲望残渣都耗尽之后，才有可能以较为冷静清醒的眼光看清，所谓“爱情”的真相。

但另一个关于情感的伦理问题却也同时浮现出来，为什么你爱的人，一定也要爱你，一定要符合你的想象，只因你爱她？如果一个人低声下气，殚精竭虑，出尽百宝，另一个人就必须回报以同等程度的、同等分量的爱，否则就会被群众斥为寡情薄义、冷酷无情？爱的发起人为什么总能占据道德的制高点？而被投射了爱的人，为什么总被推上道德的审判席？却没人意识到，这种“爱”或许纯洁，却也是一种触目惊心的感情暴力。

也曾经有人列举了历史上的名人单恋故事、苦追故事，说了句公道话：“越是追得苦，越是说明勉强的程度有多大。”但现实中，一旦沦为被苦追的那个人，就活该倒霉，追的人若再拥有了话语权，被追的人就更加得不到任何同情。就像我的朋友H，在他的讲述里，他苦追的女友是个冷酷的女魔，但换个立场换个角度，那位女子未尝不是个温柔善良的人，只不过被这种纠缠激发出了自己冷漠的一面，而此刻，她恐怕也正在心有余悸地向身边朋友讲述自己可怖的经历，而看过好莱坞电影的朋友，或许正在建议她申请禁制令。

我有次在网络新闻上，看到一个男大学生，在BBS上发了英雄帖，召唤全校男生去女生楼下帮他向某女生求爱，而该女终于在山呼海啸般的呼喊中铁青着脸走下楼的时候，我想，又一个让双方都不痛快的故事开始了。

爱不该是单向的追，单向的经营，爱应该是一种互相的、自然的、默契的建设。追来的爱，战战兢兢，如履薄冰，真如沙漠里的海市蜃楼。

一丈以内的爱恨嗔痴

茱莉亚·罗伯茨同父异母的妹妹南茜·莫特斯，于2014年在浴缸中服药自杀，留下五页遗书，其中一半以上内容是指责茱莉亚·罗伯茨的。她说，罗伯茨长年累月地对她施以毒舌，尤其是她的肥胖，更是罗伯茨羞辱她的依据。

这姐妹俩的矛盾，并不是第一次被曝光。早几年就有消息说，茱莉亚·罗伯茨不喜欢这个妹妹，虽然她为了安抚这个妹妹想要进入娱乐圈的愿望，帮她在《欢乐合唱团》剧组找了一份助理的工作，但妹妹的肥胖（妹妹的体重曾达270斤）一直让她不满。她们甚至为此当众吵翻，南茜后来还不断在推特上骂自己的大明星姐姐，说她是个“冷酷残暴的人”，以及“不是好演员”。她自杀那天，正是罗伯茨参加第86届奥斯卡提名者午宴的日子。南茜的亲友说，这是为了抹黑茱莉亚·罗伯茨，以降低她获得奥斯卡的可能性。如果这动机属实，那可真是用生命在黑人。

不过，略微翻检一下茱莉亚·罗伯茨的整个家庭，不难发现，这个妹妹所感受到的压力，恐怕不仅仅是来自茱莉亚·罗伯茨。茱莉亚·罗伯茨的亲生父母都是演员，她的哥哥埃里克·罗伯茨是八九十年代的偶像明星，姐姐丽莎·罗伯茨·吉兰也是演员。埃里克的女儿艾玛·罗伯茨是风头正劲的新生代明星，已经被视为未来天后。这还不算完，埃里克·罗伯茨的表妹伊莉莎·罗伯茨是明星，艾玛·罗伯茨的继父是著名乐手，艾玛同母异父的妹妹格蕾丝·尼克斯，在不到五岁时就出了专辑。这个家庭真是星光熠熠，但也可以想见，在别人谈论他们时，在家庭聚会时，那个胖女孩南茜的感受如何。

显然，在这个以貌取人的世界上，坚持做一个胖人，是非常艰难的，尤其是，在一个明星家庭里，一个胖人，几乎是一个巨大的异端。尽管茱莉亚·罗伯茨在接受媒体采访时，反复表达自己对女人重视相貌的不理解，并表示自己不会去整形，不会打肉毒杆菌，要优雅而自然地老去。但南茜妹妹的感受，却与之有异。

即便这样，这件事里所表现出来的恨意，还是太令人震惊了。这世界是如此广大，可去的地方那样多，可以交往的人成千上万，成就自己的方式，起码有一千种，石头大了，大可以绕着走。这个妹妹却把她的喜怒哀乐、生活动向，乃至与生命有关的重大决定，都交给明星家人们主宰。为了进入娱乐圈，她特意搬家到洛杉矶，为了瘦身，切掉了半个胃，将体重降了一半。总之，她是以他们为参照，构想自己的未来，决定自己的爱恨，就是不肯承认人与人有差别。挫败感日积月累，终究成了巨大的黑洞，非要用死来完结。这又一次证明了，恨与嫉妒、欲望与失落、比较以及随之而生的挫败感，其实都走不远，只在一丈之内。

电影《沉默的羔羊》里，汉尼拔用这样的警句，向克拉丽丝暗示凶手的位置："贪婪起于每日所见。"就是说，受害者其实就在凶手的视野里，甚至是他每天可以看见的人。是啊，我们不会嫉恨远处的人，即便他们成就巨大，而且是被不公平的竞争环境所成就的，我们只会在和身边人的比较里，生发出失落感与挫败感，并演变成恨或者恶意。家庭政治或办公室政治，甚至于政治，其实都是一丈以内的爱恨嗔痴，起于每日所见。

这种爱恨嗔痴，之所以不肯走远，只投向身边的人，多半因为，身边人和我们有同样或相近的起点，本应面对相似的可能性，但在生命的某个岔路口，在某个暗暗潜藏的时刻，却出现了不同的机遇，让人趋向不同的未来。

我曾和朋友坦率谈起各自的“一丈以内的爱恨嗔痴”，发现我们都曾面临那种时刻，对同学，对同事，对朋友，甚至对爱人，在比较之后，生发出某种嫉意，而表达这种嫉意的方式，则是列举对方生活中的瑕疵，潜台词不外是：你我同样是泥身子。但同样是泥身子的他们，却得到了更大世界的拥抱，那只能说明，那些瑕疵无足轻重，那个大世界，看待一个人的方式，和我们不一样，不会纠结于日常生活中的处世小节，也不会为道德瑕疵耿耿于怀。

结论显而易见：要投入更大的世界，必须要走出一丈之外，以大世界的方式，回望自己和身边的人。

你一定要比我幸福

詹妮弗·洛佩兹曾经打过一场官司，要求法院禁止她的前夫奥贾尼·诺亚以营利为目的透露他和洛佩兹“亲密关系的细节”，后来，洛杉矶高等法院公布了一项初步禁令，奥贾尼·诺亚准备出书披露洛佩兹私生活的计划随之破产。

她与诺亚相识时，诺亚不过是迈阿密的一名酒店服务生，两人迅速闪电结婚，但这段婚姻只维持了十个半月。离婚后二人仍有往来，2002年，洛佩兹的酒店开张，还以1000美元周薪雇用诺亚管理酒店。前妻前夫哪有那么好相处？六个月后，她便无端将诺亚解雇。从此，新仇旧恨一起涌上心头，他有了另一项职业，便是以披露詹妮弗·洛佩兹的秘生活为生，不断上电视大谈闺房秘事，更准备出书从头道来，这渐渐成了她的心头大患，打官司是迟早的事。

情场上，没有人敢说自己一成不变，总难免，从一个人手里转到另一个人手里。那些枕头边的絮语，肌肤相亲时候的种种情状，流水年华里的龃龉难堪，也就跟着一路转了下去，一个人的秘密变成两个人的，四个人的，八个人的。“六人定律”认为，地球上，一个人到另一个人的距离，也不过六个人，一个秘密传播到了四个人口里，和全地球人都知道，能有什么两样？

有首老歌叫《为你终身守口如瓶》，唱的是在分手后还为对方保持沉默，这是比海枯石烂更实诚的誓言，只是，希望对方完全不说，也不现实，如果其中一方具有传播的价值，守口如瓶就更加没有可能。所以，娱乐圈里，总是会出现一些靠着消费前情前爱度日的男男女女。

但纵观这些“消费者”，会发现他们有一个共同点，就是事业不见起色，幸福没有着落，在生活的方方面面，都与另一方有了巨大落差，这种“消费”里，于是有了一种难以言传的恶意。看来，谈情说爱，最怕的不是当初的情人成为资本家、黑老大，而是当初的情人成了流氓无产者。因为不幸福，所以没顾忌；因为没有得到，所以无谓失去，拖别人下水，就是营利。

就像詹妮弗·洛佩兹，她一向喜欢闪电婚姻，但众多前情之中，唯独诺亚有了出书计划，由此可见，他混得有多不好。难怪常有人对前情人说“你一定要比我幸福”。男女之间，绝口不提前情，是最可贵的品质，但对一个潦倒者来说，高贵品质是奢侈品，人的高尚程度与潦倒程度恰成反比，所以，这种祝福貌似祝福，却也包含了自我保护：你一定要比我幸福，至少和我一样幸福，从此才能相忘于江湖。

独立女神们，欢迎你们给出新生活模板

越来越多的女性获得了经济独立，独立之后的她们，是怎样生活的?

多年前，每当人们讨论女性独立生活的时候，总会提出“娜拉出走后该怎么办”，在当时的时代背景下，结论十分悲观——“堕落或者回来”，在娜拉的时代，这恐怕是实情。将近一百年过去之后，鉴于女性经济状况的改善，娜拉出走已经不是问题，但人们又患上一种新的恐惧症，那就是，用一种悲观的、负面的眼光去评估独立后的女性，她们被描述成剩女或者女汉子，她们的生活似乎毫无边界。那么，独立后的女性，到底过着一种什么样的生活?独立有那么恐怖吗?脱离了有限的几种生活模板之后，她们是否无枝可依?是否失去了情感的滋养?

娱乐圈的几位女性，或许能提供一些样板。

徐静蕾，在转身成为导演，获得经济的极大独立之后，却慨然表示:“我不觉得人一定要结婚，过去讲婚姻是保障，我不需要保障——从情感上讲我不需要保障，经济上更不需要谁保障我。我不需要别人给我安全感，我挺有安全感。”她给出了一种新的婚恋生活形态，那就是感情生活可以不以婚姻为终点。还有三月份结婚的伊能静，给出了独立女性的另外一种生活形态，那就是爱情可以不受年龄的限制，女性可以持续地生活在爱情里，追求感情生活的圆满，最重要的是，可以不理会

别人的议论。

不能不提莫文蔚，许多女明星的职业生涯，常常被“厌倦”和“知足”中断，紧接着，她们就该进入家庭生活场景，从此远离自己热爱的事业，过早地进入沉沉暮色，而莫文蔚在得到事业的极大成功之后，依然不肯厌倦，不肯知足，在四十岁之后，依然停留在舞台上，她给出了一种独立女性生活样板，婚姻不是人生的终极答案，更不是事业的终点。还有周慧敏，2015 年年初，周慧敏推出新专辑，距离上一张专辑，已经相隔 17 年。在接受采访时，她说，男女的结合未必要生儿育女，事实上，她和倪震也一直没有孩子，这是独立女性的另一种生活形态，女人可以有各种身份，而未必只有母亲和妻子这两种身份。别听他们的，结婚就必须要生娃，你生娃是因为你想生，而不是因为人口红利、传统养老模式断裂，或者未必会落得晚景凄凉。

当然，独立女性中，还有李宇春。娱乐圈的女性，总是逃离不了“女明星必须要提供情感生活供公众消费”的刻板印象，成为八卦和绯闻的中心。现实世界里的女性，也多半逃离不了这种命运，她们得奉献出自己的私密生活，才能进入某个圈子以及获得提升，而在工作应酬中，她们又得负责调解气氛，使场面润滑，成为隐性的陪酒女郎。李宇春却拒绝给公众提供私生活的线索，她没有绯闻，红的粉的都没有，出道之初，曾经有一些流言，因为得不到证实，更没有后续新闻，很快就消失不见。她开了微博，却并没真正投入其中，最近一条微博，发布于 2013 年。她也不自黑，发逗比照，仅以事业立身，她给出的结论是：这样也行。

心目中的独立女性，还有仙女王守英。她自己定义时尚，发布一些在普通人看来很奇怪的照片，渐渐获得了理解，也得到了机会。她是一种更为普遍的特例，那就是在周围的环境不能提供足够支撑的情况下，如何去争取自己的独立，并且把争取独立的过程，当作一种独立的生活。

总之，独立之后，也没什么好惧怕的，已经有人摸着石头过了河，给出了种种生活样板，可以效仿，也可以突破，生活是自己的，有无数曲径通幽，所有的规定动作，其实都是陈词滥调。

所谓风度

曾经背叛过自己的前夫又结婚了，和别的女人，前妻要不要为了维持所谓的风度，把自己打扮得漂漂亮亮去参加婚礼？报纸杂志上的读者信箱里，常常有人问这一类的问题。妮可·基德曼用实际行动做出了回答：不去！

汤姆·克鲁斯与未婚妻凯蒂·霍尔姆斯结婚的时候，邀请了前妻妮可·基德曼参加婚礼，但妮可毫不犹豫地表示，当年汤姆·克鲁斯绿杏出墙导致两人婚变，她受到了伤害，所以绝不会去以参加婚礼的方式自揭伤疤。

大部分有关妇女修养的书和杂志，都谆谆教导广大妇女，即便分手，即便曾被背叛，即便被弃，也要不怨不怒，要感谢他给了你一段无怨的青春，他若有了新人，就给他最美丽的祝福；他若再婚，就应该把自己打扮得又香又美地去参加他的婚礼，还应该把他的生活习惯以及胃病痔疮的预防和治疗方法传授给新人，宛如交接仪式，最后甩甩头发，消失在长街的街角。要有风度，要高姿态，甚至有人为这一套理论谱写了一首歌，叫《美丽心情》：“那深爱过他却受伤的心，丰富了人生的记忆，也只有被辜负为长夜流过泪的心，才能明白这也是种运气。”

但是，凭什么？凭什么女人就要大方，就要有风度，就要努力磨平自己的爱和恨？还要当这是运气？这些书，这些杂志，估计都是男人编写的，充满着利己主义的气味。即便抛开两性的恩怨纠缠，纯以人生态度来看，为什么人就非要掩饰自己的爱与恨，非要扭曲自己的真实情感，只为了在苦短的人生里维持一个高贵美丽的形象和所谓风度，这形象，这风度，是能当饭吃，还是能当水喝？

彻底磨灭了心中爱恨，和前夫前妻友好而愉快地做朋友的，也不是没有，但心中若尚有余情余恨，又何必努力控制着还在哆嗦的下嘴唇和还不够平静的语气，去展示自己学习妇女修养的阶段性成果？

不过，女人要如此不顾所谓风度，也要有底气，比如妮可·基德曼，离婚后好事不断，参演电影票房一路飙红，迅速跻身国际一线女星之列，所以她根本不在乎汤姆·克鲁斯给的那点薄面。你生活得好，你身边的新人比我美丽，我不想知道；我生活得好，也不必特意展示给你。反正，你的婚礼，我就是不想去。

所谓强大，大概就是这么回事，就是已经有足够的力量，不去维持所谓的风度，一切随心，并且照样赢得喝彩。

图书在版编目（CIP）数据

越爱越懂爱 / 韩松落著 . — 厦门 : 鹭江出版社，2018.6

ISBN 978-7-5459-1472-6

Ⅰ. ①越… Ⅱ. ①韩… Ⅲ. ①散文集—中国—当代 Ⅳ. ① I267

中国版本图书馆 CIP 数据核字（2018）第 062269 号

YUE AI YUE DONG AI

越爱越懂爱

韩松落 著

出版发行：海峡出版发行集团
鹭 江 出 版 社

地　　址：厦门市湖明路 22 号　　**邮政编码**：361004

印　　刷：北京市十月印刷有限公司

地　　址：北京市通州区马驹桥北门口民族工业园 9 号　　**邮政编码**：101102

开　　本：880mm × 1230mm　1/32

插　　页：1

印　　张：8

字　　数：191 千字

版　　次：2018 年 6 月第 1 版　2018 年 6 月第 1 次印刷

书　　号：ISBN 978-7-5459-1472-6

定　　价：38.00 元